ちくま文庫

絶叫委員会

穂村弘

筑摩書房

目次

絶叫委員会

外の世界のリアリティ

「絶叫委員会」では、印象的な言葉たちについて書いてみたいと思います。映画や小説の名台詞、歌謡曲の歌詞、日常会話、街頭演説、電車の吊り広告の見出し、怪しいメール、妻の寝言など、いろいろなところから言葉を拾ってくるつもりです。

毎日の生活のなかで自分が触れているのは世界のごく一部だ、とあたまでは理解している。だが、普段はそれを特に意識することはない。

思いがけないアクシデントに出会ったり、日常のルーティンな枠を外れた行動をしたときに、初めて自分の世界の狭さを思い出すのだ。同時に、その外側で大きな真っ黒い口を開けている現実の怖ろしさを感じることになる。

数年前、詩の朗読をすることになった。カラオケで歌ったこともない私にとって、人前でそんなことをするのは初めての体験だ。
心配になって、バンドでボーカルをやっている友人にアドバイスを求めた。そのとき、彼はこう云った。

「舞台に立って声を出すと、その第一声が、思いのほか細くきこえたりするんだよ」

ア、コレハホントノコトダ、という直観で鳥肌が立った。「第一声が、思いのほか細くきこえたりする」という言葉の生々しさに、私はすっかりびびってしまった。鼻先に未知の現実がぽっかり黒い口を開けているのがみえた。
「どうしたらいい？」と訊くと、彼は云った。

「練習は裏切らない」

なんだか嫌な言葉だ。普段の自分なら到底納得できない意見だ。だが「外の世界の匂い」にびびってしまった私は、そのアドバイスを素直に受け入れた。
友人に付き添って貰って、カラオケボックスに行くことにする。朗読の練習をするためだ。

世界のリアリティについてもうひとつ例を挙げてみる。

「俺の靴どこ」が最後の言葉ってお母さんは折れそうに笑って　　伴　風花

私の友人がつくった短歌である。彼女は塾の先生をしている。これは教え子のひとりが亡くなったときの歌だ。剣道の試合のあとでその少年は倒れてしまったということだ。

感情語を使わずに〈私〉の張り詰めた悲しみが表現されていて、歌としても優れた出来なのだが、私が特に注目したのはこの部分だ。

「俺の靴どこ」

非情な云い方になるが、これは日常性のなかでは絶対に摑むことのできない宝石のような情報だと思う。意識を失った少年が「この世」で最後に口にした言葉としての凄まじいリアリティと輝きに充ちている。

右は謎

幼稚園の頃、右と左がわからなかった。「右も左もわからない」という云い方があるが、そういう譬えの話ではなくて、実際に右が「どっち」かわからなかったのだ。

でも、東西南北はわかった。少なくとも幼稚園や家のなかでは、東は「どっち」と訊かれたとき、「あっち」と云って指さすことができた。何故なら、先生の立っている「こっち」が東と教えられた方角を覚えさえすれば、今日も明日もあさっても、東は「そっち」だからだ。

それに較べて、右は謎だった。ころころと変わるのだ。東はいつも「こっち」なのに、右は「こっち」だったり、「あっち」だったり、動いてしまうのは何故なのか。私にはそのダイナミズムが理解できなかった。

「右は動いてないよ、右手の方がいつも右なの、ヒロシくんが動くと右も動くの」

そう教えられても、右がわからないので右手もわからない。でも、僕が動いちゃったから、さっきまでの右はもう右じゃないんだ。右の奴、今度は「どっち」に来たのか、と、今書いていても変な気分になってくるが、右の動きを摑めなかった自分を思い出すと、奇妙に新鮮な感覚が甦る。

そんな私は先生や親から、右は「どっち」と訊かれることをおそれていた。それがわからないことを知られたくなかったのだ。文字通り「右も左もわからない」ような子供に、そんな見栄というか自意識に根ざしたおそれの感覚があったことも不思議に思える。

この話をしたところ、友人のひとりが「そう云えば」と呟いた。

「子供の頃、一緒に住んでたおじいさんのことを十歳だと思ってた」

「何それ、どういうこと?」と訊くと説明してくれた。

「人間の上限は十歳だと思ってたんだよね。おじいさんが十歳で僕が四歳。で、お父さんとお母さんはだいたい六歳くらいかなって」

「へええ」

「かなり間違ってるね」

「間違ってるねえ」と私は感心して云った。

その手の見事な間違いでもうひとつ覚えているのは、別の友達が教えてくれたこれである。

「人間にはおじいさんとおばあさんと男の子と女の子の四種類があって、最初から『それ』に生まれてくるんだと思ってた」

「子供の頃？」と私は訊いた。

「うん、幼稚園の頃。でね」と友達は云った。

「ああ、あたしはおじいさんに生まれなくてよかったって」

「で、でも、その見方では、おじさんやおばさんはどうなるの？」

「うーん、意識してなかったんだね」

「だって、お父さんとかお母さんとか近所のおじさんとか厳然と存在するでしょう？」

「眼中になかったのかな」

お父さんとお母さんが眼中にない、というのも凄い話だ。

ふと思いついて、「今はもう、そう思ってないの？　四種類って」と訊くと「思ってないよ」と驚いたように答が返ってくる。

そうか、とちょっと残念な気がする。

人間や時間や世界について、それくらい違った認識のなかをずっと生き続けるひとがいたらロマンティックというか凄いと思う。単なる間違いの領域を本当に突き抜けることができれば、新しい世界の現実を摑めるかもしれないのに、などと期待してしまうのだ。

でも、ひとのことは云えない。私だって、今では右が「どっち」か、まず間違えないのだから。

出だしの魔

前々回、「舞台に立って声を出すと、その第一声が、思いのほか細くきこえたりするんだよ」という言葉を紹介したが、スピーチなどの第一声、つまり出だしに潜む魔についても思い当たることがある。

例えば、小学校の運動会の記憶。

校長先生が壇上で開会の挨拶をしていた。

頭上を指さして、先生は云った。

「みんな、空を見てみなにゃー」

爆笑が起こった。生徒たちは口々に「にゃーにゃー」云い出して、収拾がつかなくなってしまった。

校長先生はたぶん、こういう意味のことを云いたかったのだろう。

「今日はとてもいいお天気です」

それをちょっとだけ恰好よく云おうとしたのだ。

「みんな、空を見てみなさい。今日の空はみなさんの心を映すようにきれいに晴れて……」とかなんとか。

だが、「出だしの魔」にやられた。

魔は「みんな、空を見てみなさい」という決め台詞の尻尾にがぶりと食いついて、無事に口から出させなかったのだ。

生徒たちは皆、校長先生が本当は何をしたかったのか、よくわかっていた。だからこそ、「にゃー」がたまらなくおかしかったのだ。

小中高校時代を通じて、先生のスピーチというものを何度きいたかわからない。だが、唯一記憶に残っているのがこれである。

最も凶悪な「出だしの魔」の姿を目にしたのは、数年前。友達の結婚式だった。共通の友人のひとりがマイクの前でスピーチをした。

「ケイスケくん、ユミさん、ご結婚おめでとうございます」

鳥肌が立った。一見まともにきこえるが、そうではない。何故なら、そのときの新郎新婦はケイスケくんでもユミさんでもなかったからだ。

これが例えば、新郎の友人が新婦のユミコさんをユミさんと云い間違えるとか、そういうことならまだわかる。だが、そのときの新郎新婦はマサノリくんとユカリさんである。かすってもいない。

何故、そんなことが起こったのか。

後に判明したところでは、スピーチをした友人はその前日にも別の結婚式に出ていた。その新郎新婦がケイスケくんとユミさんだったのだ。

そのときもスピーチを頼まれた彼は、失敗しないように何度も練習したのだろう。それが裏目に出た。名前が脳に焼きついてしまったのだ。

「舞台に立って声を出すと、その第一声が、思いのほか細くきこえたりするんだよ」のときに、私は「練習は裏切らない」という対抗策を教えられた。だが、出だしの魔はその努力さえも逆手にとることがあるのだ。

友人のスピーチは完璧だった。冒頭の呼び掛けを除いては。

周囲の皆がぎょっとしたのだが、咄嗟にどうしていいのかわからない。ユミコさんをユミさんと間違えたくらいなら、ユミコさんだよ、と客席から声をかけて、あ、ごめんなさい、で、まあ笑い話にもなるだろう。

だが、このケースでは訂正のしようもない。その場の全員が金縛りにあったまま、見事なスピーチがどんどん進んでゆく。おそろしい光景だ。

致命的発言

今から二十五年ほど前のこと。大学の同級生がパニックになっていた。恋人が妊娠したかもしれない、と云うのだ。

「まずいよー、やばいよー、どうしよー」と繰り返す彼に向かって、私は「でも、まだそうと決まったわけじゃないんだろう。まずちゃんと調べないと」などと曖昧な慰めの言葉をかけていた。

と、そこへ当の彼女が現れた。

私は席を立つタイミングを逸して、この問題についての恋人同士のやり取りに立ち会う羽目になってしまった。

互いに興奮状態のまま、会話が続いて、とうとう彼がこう云った。

「妊娠してなかったらなんでも買ってやる」

あ、それは……、と止める間もない。

追いつめられた彼の口から飛び出したぎりぎりの本音なんだろう。が、だからこそ、これは致命的な発言だ。ひとつではなくさまざまな観点から致命的……、そう思って彼女をみると、全く表情を変えていない。

あれ、それほどでもなかったのかな、と思ってちょっとほっとする。

無表情のまま、彼女は立ち上がって台所でお湯を沸かしはじめた。

そうだなあ、この辺でお茶でも飲んで気を静めて、と思いつつ、私はぼんやり待っていた。彼は自分の云ったことのまずさにも気づいていない様子で、すっかり虚脱状態だ。

やがて彼女が戻ってきた。

相変わらずの無表情。

だが、手にもっているのはコーヒーカップではなく洗面器だ。

ん、と思った瞬間、そのなかのモノが彼に向かって浴びせかけられた。「そのなかのモノ」とは熱湯だ。

空中に投げ出されたお湯の動きは、スローモーションのようにみえた。だが、避けることは不可能。

「ぢぃぃぃぃぃ」と彼は叫んだ。

彼女はやはり怒っていたのだ。それも猛烈に。

だが、かっとして思わず手近にあるモノを投げるのではなく、静かに台所に立って
お湯を「作っていた」。

その間、無表情に待っていたところがおそろしい。

かたちのあるモノは避けられてもお湯は避けようがない。その飛沫を私まで浴びて
しまった。とんだとばっちりだ。

だが、数日後に会った彼は上機嫌だった。

「大丈夫だった。妊娠してなかったよ」

懲りてないなあ、と呆れつつ、私は思わず訊いていた。

「彼女に何を買ってあげたの？」

「え？」

「妊娠してなかったらなんでも買ってあげるって……」

「ああ、うん」

答は「ライター」だった。

あんなに怒ってたのにちゃんと買って貰ったんだなあ、とか、熱湯かけられたのにやっぱり買ってあげたんだなあ、とか、なんでも買ってあげるって云われて「ライター」かあ、とか色々思いつつ、でも、私が最も強く感じたのは奇妙なリアルさのようなものだった。

男女の関係性というものの深さと浅さと生々しさとばかばかしさとシリアスさが、この「ライター」には詰まっているようだった。

そして、私自身はその全てについて未経験なのだった。

一方、日常のなかで普通に致命的な発言がなされることもある。数年前に電車のなかでどこかの部長（と周囲の人々に呼ばれていた）が大声で云った言葉はこれだ。

「女はみんなピンクが好きだからな」

色彩の好みについての見解だ。本人は確信に充ちた様子で、これが致命的なひと言であることに全く気づいていないようだった。

パニック発言

総務部の課長をしていたとき、システム部の女性社員が飛び込んできたことがあった。彼女は私の顔をみるなり、こう叫んだ。

「バーベキュー、バーベキューって何回やっても駄目なんです！」

「……」と私は思った。バーベキュー？

怪訝そうな私の表情をみて、彼女はさらに訴える。

「バーベキューって何回やっても駄目なんです！」

大丈夫か、この子、と思う。あたまが、何か、ちょっと危ないことになってるんじやないか。

　だが、数分後に事態の全容が明らかになった。ちょうどその時期、我々の会社では、全社員が勤怠用データを自分の手で管理するシステムを新たに導入していた。そこで総務部から全員に対して、初期設定された各人用のパスワードを通知していたのだ。初期パスワードは最初の一回使うだけの暫定的なものである。

「このパスワードを使って自分のデータにアクセスしなさい。その上で、パスワードを自分で決めたものに変更するように」ということだ。

　仮のパスワードだからなんでもよかったのだが、「kfj9l5x」「d8zb4qg」といった完全にランダムなものは分かりにくくて、入力する方もやり難い。

　そのために「sandwich」「popcorn」などの簡単な英単語を設定したのである。

　そう、「barbecue」が彼女のパスワードだったのだ。

　ところが、何度その言葉を入力しても何故かエラーになってしまう。勤怠用データを提出する期限なのに自分のデータにアクセスできない、と焦った彼女は総務に飛び込んできたのだった。

原因は設定側の入力ミスだった。こちらで元のデータベースに打ち込んだとき、「ｂａｒｂｅｃｕｅ」が「ｂａｒｂｅｑｕｅ」になってしまっていたのだ。

彼女には何の落ち度もなかった。勝手にびびって悪かった。

改めて彼女の発言のインパクトについて考えてみると、「バーベキュー」という単語自体も確かに唐突で衝撃的だが、それに加えて「バーベキュー、バーベキューって何回やっても」という云い回しがポイントだったと思う。

「バーベキューをやる」とは云うが「バーベキューってやる」とは普通は云わない。この微妙な表現のズレが「大丈夫か、この子」と思わせる異様な迫力を生み出していたのだ。

この場合は「バーベキューってやる」＝「バーベキューって入力する」という、それなりの理由があったわけだ。しかしながら、言葉のカテゴリーや文法の僅かな狂いが、パニック状態の切実感と狂気を感じさせることは確かにあると思う。

その観点から、もうひとつ思い出す例がある。十数年前のことになるだろうか。或る女性ミュージシャンの自殺未遂が報じられたことがあった。新聞によると、遺書らしいものはなかった。ただ、彼女の部屋の壁に大きく次の言葉が記されていたという。

「皆憎」

うーん、と私は思った。これは……、凄い迫力だ。

ネガティブな内容自体のインパクトもあるが、最大のポイントは「送り仮名がない」ところだ。これが「皆憎い」では駄目（?）なのだ。漢字二文字に凝縮されてしまった表現が、極限状態にいる者の心を生々しく感じさせる。

私はもともと彼女のファンだったが、この記事をみてますます好きになった。一命をとりとめた彼女は今も優れた表現者として活躍している。

パニック発言・その2

前回、極限状況における発言の不思議さについて書いたが、その続きをもう少し考えてみたい。

数年前に、Nという若い友達が飛び降り自殺をした。その直後に共通の友人たちが集まることになった。状況が状況だけに、その場の誰もが強い喪失感に囚われていた。

言葉少ないやりとりのなかで、不意にひとりが云った。


「Nが生き返るなら、俺、指を4本切ってもいいよ」


大切な友達を取り戻すために自分の大切なものを捧げる、という論理なのはわかる。だが、それでもこの言葉は、聞くものに奇妙な衝撃を与えた。

発言の唐突さや内容の極端さもさることながら、その理由のひとつは「4本」にあったと思う。

何故「4本」？

「3本」でも「5本」でもなくて。

どうして、そんなに具体的なのか。

それまで放心していた私の口から、こんな問いが零れた。

「どうして4本？　それは右手？　左手？」

みんなはさらに困った顔をした。これもまた場違いな問いかけだったのだ。子供っぽい無茶を云い出した奴をなんとか宥めようとしてたのに……、という目が私に向けられた。

でも、私は本当に不思議に思って、反射的に訊いてしまったのだ。彼の発言を否定するつもりはなかったのだが、或いは挑むように聞こえたのかもしれない。

だが、本人はあっさりと答えた。

「両手、合わせてだよ。それ以上はギターが弾けなくなるからさ」

ああ、そうか、と私は思う。こいつはプロのミュージシャンだったっけ。だからこそ、「自分の大切なものを捧げる」ことになるわけだ。「両手」で「4本」までなら失っても弾けるのかどうか、ギターをもったことのない私にはわからない。だが、とにかく「4本」には彼なりの理由があったのだ。

ギターを弾ける範囲で、という限定はけちってのことではないだろう。それによって逆に自分自身の本気を確認するような意味合いが強かったのではないか。「4本」と限定することで、決意の本気度が増すという感覚である。

「それ以上はギターが弾けなくなるから」という彼の答によって、場はますます異様な雰囲気になった。どんなに本気でも、Nはかえってこないということを、彼を含む全員がわかっていたからだ。

生きているものは、自らの日常を継続するしかない。

彼は10本の指でギターを弾き続けるしかないのだ。

だが、その当たり前の事実に対して真っ直ぐに向き合うには、そのときはまだ衝撃と痛みが生々し過ぎた。

彼の台詞はやり場のない悲しみの表明であり、そのような感情を共有した時間を象徴するものとして私の記憶に残っている。

ヤクザの言葉

前々回、前回と、パニック時の言葉の不思議さについて考えてみた。

おそらくは極限状況におけるテンションの高さが言葉に影響を与えて、「名言」を生み出すのだろう。

また、いわゆるパニック的な極限状況とは異なって、職業やライフスタイル自体に或る種の非日常性が含まれているケースもあると思う。例えば、医師や傭兵などが思い浮かぶ。普通の人間が「一日外科医」とか「一日狙撃兵」になれと云われたら、それこそパニックになってしまうだろう。でも、彼らにとっては人の身体を切り裂いたり、狙撃したりするのが日常なのだ。特殊な場所から生まれてくる「名言」があるのではないか。

そのような非日常性を含む職種として今回はヤクザの言葉を採り上げてみたい。仁義や啖呵の様式性もさることながら、彼らの生の言葉もまた独特の歪みを示しつつ研ぎ澄まされているようだ。

「我々はキャデラックみたいなもんですよ、その辺の国産車と一緒にされたら困るんです。姿、形は良いし、まして中のエンジンは抜群ですよ。人の出来ないことをやるのがヤクザだ」

住吉連合会常任相談役大日本興行奥州生田一家総長生田博の言葉である。普通の自己主張とか自信とか強がりとかのレベルを遥かに超えていて、くらくらする。こんなことも云っている。

「私は反省つうのが無いからね、だから皆んな目眩《めまい》するんですよ」

自分でよくわかっているのだ。

日常の時空間が歪むような言葉をさらに挙げてみる。いずれも一九八八年に刊行の『極道たちの肖像』(そえじまみちお著)からの引用。

「親分を親爺と呼び、親分の奥さんを何故お袋と呼ばずに姐さんと呼ぶのか、分かりますか？　女はこの世界では七三の格下だからですよ」

（全日本源清田連合会松野宗家五代目八戸神農同志会会長相馬正男）

「ヤッパはね、刺せば死んじゃう、斬れば怪我で済む。まず、殺すほどのことはないんだよね」

（全桝屋連合会最高顧問霊岸島桝屋多田六代目児玉勤）

暴力的な世界のテンションということで思い出した例をもうひとつ。

十年ほど前に、東南アジアからダンサーを輸入する仕事をしている若い女性がひとを罵るのをきいて衝撃を受けたことがある。

そのとき、彼女と私は喫茶店でお茶を飲んでいた。

「ごめんなさい。仕事の電話を一本入れさせてください」と云ってかけた電話で、彼女は吠えた。

「社長出せ。いいから社長出せ。社長社長社長社長出せってんだおうっるあああ」

文字では正確に再現できないが、大体こんな感じだ。「社長社長社長」の連呼もさることながら、語尾がもの凄い巻き舌なのである。こちらの予測を遥かに超えた「巻かれ方」だ。

それまで私のなかには、女性は巻き舌が苦手なんじゃないか、という漠然とした先入観があった。舌足らずな喋りをするひとをよくみるし、男に比べて口笛が吹けないひとの割合も高いような気がする、というのがその理由だ。でも、それはアマチュアの一般女性の話でやはり専門家は違うのだ、ということが彼女のひと声でよくわかった。

ヨーデルやホーミーの存在は知っていても、目の前で本物をきくと、あまりの凄さに、一瞬、何が起こったのかわからなかったりするらしい。鍛え抜かれたプロの恫喝も同様だった。店中の人間がみな呆然とこちらをみつめている。

「社長出せってんだおうっるあああ」と巻き叫んだあと、彼女は携帯電話をぱたんと閉じて、私に向かってにっこりした。

その笑顔も凄かった。

恋人たちの言葉

映画のなかの恋人たちはうつくしいのに、実際に街角でみるカップルの多くが醜いのは何故なのだろう。

単純に俳優と一般人の容姿の違いというだけが理由ではないように思う。たぶん、現実のカップルは本当にいちゃついているから、きれいにみえないのではないか。「仲よきことは美しき哉」という武者小路実篤の言葉は、ヴィジュアル的には嘘だと思う。うっとりとみつめ合えば合うほど、男が女の髪を撫でたりすればするほど、恋人たちはうつくしさから遠ざかる。

おそらくは第三者の存在しない世界の陶酔という毒が回って、その表情やオーラを醜くするのだろう。

他者性の無さが醜さに繋がるという点では、漫画専門店で立ち読みをしているオタクなどにも通じるところがある。漫画を読んでいるだけなのに、彼らは何故か得意そうに微笑んでいる。異性の力を借りることなく自分ひとりで完全に充ち足りた世界を作り出すことができる、或る意味で進化した人類なのだ。

そんなわけで、ふたりだけモードに入っている恋人たちをみかけると、私は反射的に目を逸らしてしまうのだが、何かの拍子にその会話が耳に入ってくることがある。これは微妙な体験だ。あまりの恥ずかしさに、とてもきいていられない、と思うこともあれば、その恥ずかしさが逆に面白いこともある。

以前、回転寿司屋できいた若いカップルの会話。

彼「ウニって本当は宇宙人だったらこわいね」
彼女「わざわざ遠くから来てるのにお寿司にされてかわいそう」

「わざわざ遠くから来てるのに」という彼女の感想がちょっと可愛い。ぶりっことは思わない。むしろ天然気味なのだ。

それでもやはり全体としては恥ずかしい。これくらいの会話は状況によっては自分だってやりかねない、いや、やるだろう、と思う。でも第三者の立場としては、これをきかされるんだったら二千円札一枚くらい貰いたい、と思うのだ。発言の内容によって金額は変動する。

次は、今年の夏、冷房の効いた店から外に出た瞬間に、高校生くらいの男の子が連れの女の子に云った言葉。


「先生、地球がホットです」


これはよかった。「あぢー」とかいうよりも数段キュート。

文字で書くとなんか気取っていて嫌、と思われるかもしれないが、実際の口調には狙った感じがなかった。「先生」という云い方も効いている。女の子の反応を聞き逃したのが残念だ。

最後は、恋人と喧嘩をしたあとで泣き寝入りした女性が、夜中に突然、むくっと起きあがって云った言葉。何故、そんな言葉を第三者の私が知っているかと云うと、恋人の男性からきいたのだ。

そのとき、彼は机に向かって仕事をしていたらしい。

背後で恋人が目を覚ます気配に振り向くと、彼女はゆっくりと身を起こしながら嬉しそうに云った。

「おんなじ戌年でよかったね」

半ば寝言だった。それだけ呟いて、女の子はぱたっと再び寝入ってしまった。彼と彼女は年齢的にちょうど十二歳違いだったのだ。一回りも違って、でも（？）、おんなじ戌年でよかった……、ということか。

何がいいんだか、意味不明。でも、直観的にはわかる気がする。喧嘩、泣き寝入り、寝言……、この言葉には、彼に対する彼女の無意識の愛情が詰まっているのだろう。

これが、「おんなじ会社でよかったね」とか「星座の相性が良くてよかったね」では駄目なのだ。「おんなじ戌年でよかったね」の無意味さというか、実体の無さにこそ言葉の命が宿っている。

恋人たちの言葉・その2

恋人同士の直接的な会話以外にも、恋に関する発言には面白いものが多い。

「彼女が泣くと永遠を感じます」

これはラジオの番組で短歌を募集したときに、送られてきた作品の横に添えられていたコメントである。短歌そのものは覚えていないのだが、この言葉には妙なリアリティがあった。

日々の暮らしのなかで「彼女」が泣いてしまうことがあるのだろう。彼はおろおろしたり困ったりする。でも、心のどこかで、ばたばたしたその場の現実時間にオーバーラップして伸びるハイウェイのような「永遠」を感じてしまうのだ。

それってどういう現象なんだろう。はっきりとは摑めないが、なんとなく感触はわかるような気がする。

「彼女が泣く」という一種の非常事態によって、それまで淡々と水平方向に流れていた日常の時間に突然、垂直の裂け目が生じる。「今、ここに生きている」という実感の濃度が急激に高まって、それが〈全て〉になるのではないか。「永遠」とは死へ向かって流れることをやめた時間の特異点のことなのだ。

日常の裂け目に現れた言葉をもうひとつ挙げてみる。

「今までの平和だった7年間にありがとうって云いたい」

長年つきあった恋人同士がいた。ところが或る日、男性の方に他に好きなひとができてしまった。それを告げられた恋人の女性が最初に云った言葉である。

やはり奇妙な実感がある。男性を責めたり、理由をきいたりするのではなく、いきなり「ありがとう」。しかも、ここで感謝している相手は目の前の「彼」ではなく、「7年間」というふたりの時間そのものなのだ。

「ありがとう」と云っておとなしく身を引くという意味ではないだろう。こう云ったからといって、彼女は恋人を諦めたわけではない。

おそらくはこれから暴風圏に突入するであろう自分たちの恋。その嵐に立ち向かう前に、一瞬だけ過去を振り向いて、そこに横たわっている幸福な時間に思わず投げかけられた言葉なのだ。

「時間よ、ありがとう」なんて、日常のテンションではまず出てこない次元の言葉だ。極限状況は人間を一瞬の詩人にするなあ、とつくづく思う。

最後にもうひとつ、切実で、でも何だかおかしい言葉。

「彼が求めてるのはメーテルなんです。でも、あたしはメーテルじゃない。あたしだってメーテルが欲しい」

松本零士作の「銀河鉄道999」において、主人公星野鉄郎を見守り続ける黒衣の女神「メーテル」。

「彼」は自分の恋人にそのような役割を求めているのだ。美しく、ロマンティックで、母であり姉であるような永遠の存在……。でも、「あたし」はその期待に応えることができない。その役割を引き受けることはできない。

「あたしはメーテルじゃない」の後に「あたしだってメーテルが欲しい」が来るとこ

ろが素晴らしい。

この言葉をきいたとき、そうか、女の子も「メーテルが欲しい」んだ、と目を開かされる思いがした。全ての女性もまた己の夢を目指して暗黒の生の宇宙を旅するひとりの鉄郎なのだ。

天使の呟き

携帯電話の普及に伴って公衆電話の姿が消えているが、その他にもなくなっているものがある。例えば、駅の伝言板。これが実際に使われていたところを知っているのは、もはや旧世代ということになるのだろう。

「まゆちん　20分待ちました。先に行ってるね。　ユミ&グー」

私の記憶では、大体こんな感じの待ち合わせに関するメッセージが多かった。なかにはこんなのもあった。

「タクロー、大好き！　さきっぺ」

知らんよそんなこと、と思う。でも、これも一種の伝言には違いない。そんな伝言板史上、といっても私がみたなかでの話だが、最も忘れがたいメッセージは次のものだ。

「犬、特にシーズ犬」

これに出会ったのは確か昭和の末期あたりで、どこの駅の伝言板だったか覚えていないのだが、いったんその前を通り過ぎた後、引き返してきてみつめてしまった。勿論、私宛の伝言というわけではない。いや、誰から誰宛なのか書かれてないから不明、というか、そもそもそういうレベルの言葉ではないようだ。

短いセンテンスのなかに突っ込みどころが余りにも沢山ある。「犬」という出だしにして結論。「特に」という強調。「シーズ犬」という表現（一般にシーズーでは？）。全部だ。

私が最も興味をひかれたのは、どうみても変な言葉でありながら、その全体から奇妙な真剣さが伝わってくる点だ。

「犬、特にシーズ犬」という結論（？）に至るまでに、これを書いた者のあたまのなかには切実な思考の流れがあったように感じられるのだ。決してかりそめの言葉ではない。

これは……、天使の呟き?

「犬」のあとに「、」有り、最後に「。」無し。私は句読点まで正確に手帳に書き留めた。何故ならこのように不合理でナンセンスで真剣な言葉というのは、滅多にみることのできないものだからである。私には「先に行ってるね」とか「大好き!」などとは比較にならないほど貴重な、生涯に一度出会えるかどうかのメッセージに思えたのだ。

この貴重さについては、例えば、夜の電車のなかでみかける酔っぱらいの言葉などを思い浮かべてみるとよくわかる。酔っぱらっているから内容が不合理かというと、それは違う。むしろ逆である。現実の酔っぱらいの言葉は不合理どころか、合理のカタマリのようなものが多い。成分の全てがグチかワルグチかジマンかホシン、きいている方が悲しくなってしまう。余りにも天使から遠すぎる。

不合理でナンセンスで真剣な、天使的な言葉としては、「犬、特にシーズ犬」以外にも以前観た松尾スズキの芝居にあった台詞が印象に残っている。幕が上がって最初に登場した男がきょろきょろと辺りを見回して、いきなり云ったのだ。

「鈴虫の匂いがする」

思わず笑ってしまった。「鈴虫」の「声」じゃないんだね。台本かアドリブかわからないけど、凄いなあ。

天使の呟きだ。

天使の呟き・その2

夜の電車のなかで、成分の全てがグチとワルグチとジマンとホシンであるような酔っぱらいの独り言をきいていると、だんだん悲しくなってくる。世界がとても薄っぺらい場所に思えてくるのだ。どうせならその逆がいい。世界はなんだか得体の知れない奥行きをもった場所であって欲しい。
大学生のときだったか、中国製の「ねずみ花火」の説明書きを読んでいた友人が、突然、ひいひいと身を捩り出したことを思い出す。そこにはこんな言葉が記されていた。

「この花火はぐろぐろ回ります」

偶然というものの力を感じる。「る」が「ろ」と誤記されただけなのに……、笑って笑って死にそうになっている友達をみながら、世界って凄い場所だ、と思う。

また別の友人Sからきいた話。

或る日、彼は秋葉原で買ってきたばかりのパネルヒーターを足下に置いて、電車の七人掛けシートに座っていた。そのとき、ちょうど向かい側の席に座っていた中年女性が話しかけてきた。

「いいもの買ったね」

知り合いかなと思って顔をみたのだが、咄嗟に思い出すことができない。無視するのも変なので、内心焦りながら、とりあえず、あ、はあ、どうも、的に曖昧な挨拶を返す。七人掛け席同士の通路を挟んでのやりとりはけっこう目立って恥ずかしい。

だが、会話は終わらない。彼女はSの足下の箱（ヒーターの絵が描かれている）をみながらさらに云った。

「それがあればお部屋が暖かくなるわ」

親しげな口調に困ったSは、はあ、おかげさまで、的な反応を続ける。そして、女性が誰だったかを必死に思い出そうとする。

彼女はそんなSの様子をみて、にこにこしている。にこにこ。にこにこ。にこにこ。それからおもむろに自分の顔を指さして云った。

「知らない人よ。あなたの知らない人」

あれは、とSは呟いた。なんだったんだろう。

うーん、なんだろうね。でも、いい話じゃない、と私は云った。

いい話なのかな、とSは云った。

いや、わからないけど、と私は云った。

それにしても、「あなたの知らない人」という自己紹介はシュールなものだ。

私自身の経験として思い出すのは、半年ほど前に散歩をしていたときのこと。一軒の家の前でこんな貼り紙をみつけた。

「ここに糞をさせたら」

させたら……、なんなんですか。
なんとか云ってくれ。
私は犬なんか飼っていないのに怖かった。
いや、糞って、犬のでいいんですよね。

天使の叫び

昼間の住宅地に小学生の集団がいた。学校から家に帰る途中らしく、きゃあきゃあきゃあきゃあじゃれあいながら歩いている。不意に、ひとりが大声で叫んだ。

「マツダのちんこはまるっこいです」

そしてまたみんなできゃあきゃあ。
うーん、と思う。さすがだ。
さすがに本物の小学生は違う。
くだらない。
でも、そのくだらなさに感銘を受ける。
特に「まるっこい」ってところがいい。

これが「ちっこい」とか「でっかい」では駄目だ。「ちんこ」が「ちっこい」とか「でっかい」っていうのは、現実世界における分類や価値体系のなかにすんなりと収まってしまう表現だと思う。

「まるい」でもまだ弱い。「まるっこい」の「っこい」がポイントで、ここに、なんというか、実際に手で握って確かめた実感があると思うのだ。

「っこい」には、現実の分類からはみ出して、世界の奥行きを柔らかく回復させる力が宿っている。褒めすぎだ。

それにしても「まるっこい」ってなんなんだ？

小学生の通常時の「ちんこ」なんて大体「まるっこい」んじゃないか。「マッダ」のそれだけが、特別に叫びたくなるほど「まるっこい」なんてことがあるのだろうか。

知りたいけど、その件で彼らに声をかけることはできない。そんなことをしたら、たちまち「子供見守りパトロール隊」に通報されてしまう。

「3日の午後3時頃、西荻3丁目付近において帰宅途中の児童が、不審者（45歳位、黒縁眼鏡、無表情、無職風の男）に「おちんちん、まるっこいの？」などと声をかけられる事案が発生しました」

そんな情報が地域の保護者や教師や警察に流されるのだ。おそろしい。ひと声かけただけで私は社会的に「怪しい人」になってしまう。違うんだ。私は「世界に奥行きを与えてその生命を回復させる使命を負った人」だ。

でも、現実社会の分類上はその違いを認識して貰うことが難しい。親や先生やお巡りさんの目には、「怪しい人」と「私」が「まるい」と「まるっこい」くらい似てみえている。限りなく透明に近いブルーだ。

私が子供の頃には、どの町にもひとりくらいはちょっとネジがゆるんだような怪しいおじさんがいて昼間からふらふらしていたものだ。彼らは一種の有名人だった。子供たちが野球をしていると近づいてきて「一回打たせろ、俺、ジャイアンツの二軍にいたんだ」などと云ってバットを奪って三振しながら、それなりに地域社会と共存していた。

でも、そんな牧歌的な光景は昭和と共に消え去った。今は平成、夢の21世紀、誰もが自分の身は自分で守るしかない。私も私の身を守るべく主張するだろう。

「僕は『ちんこ』に特別な関心があるわけじゃない。『ちんこ』そのものはどうでもいい。ただ『まるっこい』の『っこい』への拘りが、世界の生命を回復させるために必要なんです。そこを大事にしないと戦争が起こる。『っこい』を切り捨ててしまったら、戦争の足音がまた少し大きくなるんだ」

……怪しい。

良く云えば異様。

良く云って異様か。

オノマトペたち

一文字に価値の全てが込められている短歌というものがある。例えば、こういう歌。

謝りに行った私を責めるようにダシャンと閉まる団地の扉　　小椋庵月

一文字というのは「ダシャン」の「ダ」である。これが「ガ」だったら全てが台無しだ。この歌は「土曜の夜はケータイ短歌」というラジオ番組への投稿作だった。作者は14歳の女性。私を含めた出演者たちは口々に「ダシャンがいいよね」「うん、ダってのがリアル」などと云った。しかし、改めて考えてみるとなんだか不思議な感じもする。どうしてみんながみんなそう思ったのだろう。オノマトペにははっきりした正解とか間違いとかない筈なのに。

『北斗の拳』という漫画があって、主人公のケンシロウにやられた敵たちが「ひでぶ」とか「あべし」とか叫んで死んでゆくのが新鮮だった。これらのオノマトペはリアルというよりもかなり誇張された印象があるのだが、そこが作品世界の雰囲気に合っていたのだ。団地の扉が閉まる音とは違って、北斗神拳でやられた人間の叫びや破裂音なんて、実際に聞いた者は誰もいない。初めて出会った「ひでぶ」や「あべし」に、我々読者は「すげえ」と驚き、「さすが北斗神拳」と感心したわけだ。

最近では『へうげもの』という漫画のなかでオノマトペが重要な役割を果たしている。以下は、数寄者の主人公が茶器を表現する際の台詞である。


「なんと『のぺえっ』とした異形の……いや『どぺえっ』か……!!?」

「この『ドワァッ』と翔びそうな形《なり》には心躍ってござる」

「なんともモリッと冴えない茶碗だぞこりゃあ」

「実に『ホヒョン』と」

「なんと『ミグッ』とした素朴で力強い形《なり》よ」


「ダシャン」や「ひでぶ」との違いは、もともと無音の存在であるモノの形や質感をわざわざ音に転換して表現しているところだ。いわゆる擬態語である。

このような例をみていくと、オノマトペとは単に聴覚と言葉を結びつけただけのものではないことがわかってくる。それが成立する仕組みの背後に、我々の五感の上位にあってそれらを総合的に関連づける共通感覚の存在が浮かび上がってくるようだ。その感覚を使って、私たちは正解のない筈のオノマトペについて「ダシャンがいいよね」とか「いや『どぺえっ』か」などと判断しているわけだ。

学生の頃、クラスに新鮮なオノマトペを次々に繰り出してくる女の子がいた。こんなのを覚えている。

「窓硝子一面に煙草のヤニがめめーっとついてて」
「先っぽがトッキントッキンに尖った鉛筆」
「しおりちゃんって、ムリンとしててセクシーだよね」

いずれも擬態語だ。「ムリン」とは「ムチムチプリン」の短縮、いや濃縮形というべきだろうか。この表現のあまりの的確さと生々しさに、その場にいた男子は皆、思わず「ムリン」「ムリン」「ムリン」と復唱してしまった。「しおりちゃん」そのものを味わうように自分の口で云ってみたくなったのだ。これは『へうげもの』の主人公が、自らの発するオノマトペによって、目の前のモノの存在をより深く感じようとする行為に通じるものだろう。

このような例からもわかるように優れたオノマトペには伝染性がある。とは云っても、広辞苑の次の版から「ムリン」が載るようになったなどということはない。いくら新鮮でインパクトがあっても、新しいオノマトペが世間に広く認知されるのは大変な道のりなのだ。何しろ正解とか間違いとかいう種類のものではないのだから。そういう目でみると、手元の広辞苑第四版に載っている「むちむち」などは流石というか、たいしたものだ。

直球勝負

ものすごい直球を投げるひとがいる。

数年前に十人ほどの友人たちと温泉に行ったときのこと。そのなかには何組かの夫婦もいたのだが、男は男部屋、女は女部屋というかたちに分かれて泊まっていた。

次の日の朝、我々男性陣が食堂に向かって歩いていると、向こうから連れの女性たちが歩いてきた。互いに「おはよう」を云いながら合流したのだが、そのとき、私の隣にいた男が彼の妻に向かって云った。

「今日もきれいだよ」

ど真ん中のストレートだ。周囲の女性たちのなかには無言のうちにわあーっという空気が広がり、男たちはびびりながら心のなかで（？）顔を見合わせた。奥さんは、何云ってんの、とむにゃむにゃ呟いて照れていたが、やっぱりどこか嬉しそうだった。

このタイミングでのこれは普通なのか？　全ての夫が云うべき言葉？　よく知らないがアメリカなどではそうなのか？　州によっては法律とかで？　しかし、ここは日本の旅館で我々は浴衣姿なのである。とはいえ、彼の口調は自然で気負ったところがまるでなかった。生まれながらのクラーク・ゲーブルのように様になった愛情表現は、私の心に強く灼き付いた。

口説き文句の直球としてはこんなのを覚えている。

「どうすればあんたとつきあえる?!

金か？　地位か？

ルックスか？　根性か？」

『ルード・ボーイ』（原作・狩撫麻礼、作画・谷口ジロー）のなかで、主人公が年上の人妻に向かっていう台詞だ。運転手付きの車に乗っている彼女に向かって窓の外から呼びかけていた。

これはワイルドで格好いいと思って、私も何度か口のなかでぶつぶつ唱えてみた。

でも、実際に云ってみたことはない。普通云えないと思う。だって、するすると車の窓が降りて「じゃあ、金」とか「なら、地位」とか云われても困るし、「ルックス」は生まれつきが大きいし、「根性」も自信がない。それになんとなく、私を痺れさせたこの直球振りが、女性には単なる自分勝手と思われて通じないような気がする。漫画のなかでは人妻はぽわわーんとなっていたけれど。現実には現実特有の散文的な圧力ってものがあるから。

そして、今思い出せるなかで最高速の、火の玉のような直球はこれだ。

すめらみことは戦ひに　おほみづからは出でまさね

「君死にたまふことなかれ」（与謝野晶子）の一節で「天皇自らは戦争に行かれない」ってことだろうけど、よくここまで云えたものだ。身も蓋もない率直さを支えているのは社会や制度に対する批評性ではない、と思う。晶子は特に反戦的な思想をもっていたわけでもないようだし。では、何が彼女にこの詩句をつくらせたのか。同作の冒頭はこうだ。

あゝをとうとよ君を泣く　君死にたまふことなかれ
末に生れし君なれば　親のなさけはまさりしも
親は刃をにぎらせて　人を殺せとをしへしや
人を殺して死ねよとて　二十四までをそだてしや

これをみてもわかるように、根底にあるのは身内に対する自然な愛情なのだ。ただそのテンションが尋常ではない。底が抜けたような想いのベタさというか、火の玉のような本音が、結果的に驚異のストレートを投げさせてしまったのだろう。これは女の剛速球だと思う。

直球勝負・その2

言葉の世界において、ど真ん中にストレートを投げるのは簡単そうにみえて実は決してそうではない。

例えば「好きだ愛してる君を一生離さない」という愛の言葉はどうか。

ど真ん中のストレートと云えるだろうか。

私にはそうは思えない。

これは直球というよりも単なる棒球に過ぎない。

魂の乗らない、すなわち球威のない棒球はあっさりと打ち返されてしまうだろう。

次のように云って初めてど真ん中のストレートになるのだ。


「愛じゃなくても恋じゃなくても君を離しはしない」

「リンダリンダ」（甲本ヒロト作詞）のワンフレーズだが、このような例からもわかるように、棒球の平凡さというか見慣れた感じに対して、ど真ん中の直球には目も覚めるような意外性が必ず含まれている。

これには理由がある。

言葉が単なる棒球ではなく他者の心を貫くストレートになるためには、自己と世界の間に横たわる絶対的な亀裂を飛び越す必要がある。

そのために言葉は「翼」をもたなければならない。

この「翼」こそが意外性の本質だと思われる。

前回、直球勝負の口説き文句として狩撫麻礼の言葉を紹介した。

「どうすればあんたとつきあえる?!

金か？　地位か？

ルックスか？　根性か？」

これ以外にも、狩撫原作の漫画のなかには、鮮やかで意表をつかれる直球の名言がしばしば現れる。

例えば以前読んだ作品のなかで、年齢と共に人間の容姿は必ず衰える、永遠に美しいままの女性はいない、という意味のことを当然の事実として周囲に云われたとき、主人公の男はこう叫んでいた。

「八千草薫の例がある！」


私は胸をうたれた。

なんて恰好いい反論なんだろう。

この場合の「翼」は唐突な具体例「八千草薫」だ。

「八千草薫」には主人公の恥ずかしいほどの本気さが宿っている。

「八千草薫」の例があるのだから、ほかにも永遠の女神は存在するはずだ、という純粋で自分勝手な世界への夢を感じる。

狩撫麻礼による別タイプの直球をもうひとつ。

前掲の甲本ヒロトが所属していたバンド「ザ・ブルーハーツ」についての言及である。

「そうか……、〝ブルーハーツ〟は〝実体〟など問われもしなくなって久しいクソったれた〈イメージ社会〉がついに飽和点に達したことを告げる者たちだぞ!!」

『ボーダー——迷走王』（原作・狩撫麻礼、作画・たなか亜希夫）より

前二例から一転して、言葉の「翼」は過剰にもみえる理屈っぽさだ。

「飽和点」「告げる者たちだぞ!!」という云い回しによって示された使者性など、バブルの最盛期に反バブル的な輝きを放ったバンドへの認識として実に正しいと思う。

理屈っぽいからストレートではないというのは単なる思い込みに過ぎない。

あるけどないもの

現実とはどこまで直視できるものだろう。目には映っていても、脳を素通りしていることが多いように感じる。自分は目の前にある世界の大部分を「ない」ものとして生きているのではないか。特にモノの細部に関してはいい加減だ。
以前、電車のなかでこんな言葉を耳にした。

「ウメボシノタネノケガ……」

梅干しの種の怪我？　いや、梅干しの種の毛が、か。確かに、ちょっと大きめの梅干しの種の表面には毛が生えている。結構長いこともある。でも、その毛について改めて意識したことはなかった。
だって、この世から梅干しがなくなったら、おにぎりの種類が減ったりしてちょっと困るけど、梅干しの種がなくなってもほとんど困らないし、梅干しの種の毛がなくなっても全く困らない。

　梅干しや梅干しの種がなくなったらさすがに気づくだろうけど、種の毛はなくなったことに気づきもしないんじゃないか。朝顔の葉っぱのかたちが昔と違っていることに何十年も気づかなかった私だ。

いや、でも、と思う。「なくなっても全く困らない」というのは本当だろうか。いつか、嗚呼この世に梅干しの種の毛があってよかった、ありがとう毛、と涙を流しながら思う日が絶対に来ないと断言できるか。梅干しの種の毛に命を救われるようなケース。うーん、想像できない。崖から落ちそうになったとき、咄嗟に梅干しの種の毛を摑んで助かるとかないだろうし、梅干しの種の毛だけに含まれる成分で病気が治るとかだろうか。

　梅干しの種の毛は成層圏や深海に存在しているわけではない。今までの人生で私は何度も実際にそれをみたり舌で嘗めたりしたことがある筈だ。でも、電車のなかであの言葉をきかなければ、一生存在を意識することなく死んでいったかもしれない。つまり、梅干しの種の毛とは、私にとって「ない」ものだったのだ。あのとき、電車のひとは梅干しの種の毛について一体何を語っていたのだろう。

数年前、或る短歌賞の応募作のなかに、こんな歌をみつけて衝撃を受けた。

ひも状のものが剝けたりするでせうバナナのあれも食べてゐる祖母　　廣西昌也

ある、あるよ、「ひも状のもの」。バナナの皮ではなく、しかし身とも云いきれない部分。口に入るとなんとなく嫌だけど、でも、初めに全部とってしまって絶対に食べないと決めているというほどでもない。口に入ったら入ったで軽い違和感と共にそのまま食べてしまうような、あるようなないようなバナナの「あれ」を、作者はきちんと意識化して作品にしているのだ。

バナナの「ひも状のもの」を食べるという行為の描写によって、「祖母」のキャラクターとその背後に負われている日本の時代性までが浮かび上がってくるようだ。

この歌を読んだとき、食べ物を粗末にしない「祖母」が偉いとか云うよりも、なんだか得体の知れぬ動物のように思えたのだが、バナナの「あれ」を半分くらいは曖昧に食べている私も、平成生まれの人々からみると野蛮人に感じられるのだろうか。みてみて、あのひと「あれ」食べてるよ、こわーい、とか。

梅干しの種の毛とかバナナの「あれ」に固有の名前はあるのか。「ウメボシノタネノケ」「ひも状のもの」「あれ」などという云い方は、それが存在しないことを示しているのだと思う。

「種毛（たねげ）」とか「バナナストラップ」とか、はっきりとした名前があったら、それらはもっと存在感を増して意識されるようになると思うのだ。名前がないために、あるようなないような曖昧な印象になっているのではないか。

もしかすると、女性の腋毛があるのが自然（いや、その通りなんだけど）という文化圏には、「腋毛」という言葉自体がないのかもしれない。単に長めの腕毛の一種として意識されていて、そのために「腋毛」を「腋毛」として個別に切り分けて認識している我々の目からはインパクトのある状況になっている、とか。

「ありがとう」たち

駅のトイレで、初めてこの言葉をみたのはいつだったろう。

「いつもきれいにご利用いただきありがとうございます」


衝撃を受けた。

私に云っているのか。

私が「いつもきれいに」おしっこしているところを誰かがみていた？

子供の頃は、いや学生の頃も、こんな風にトイレに（？）御礼を云われたことはなかったと思う。

それから少しあとのことだった。

ひとりでふらふら町を散歩していたら、こんな貼り紙に出会ったのだ。

「糞を持ち帰ってくれてありがとう」

私に云っているのか。

「糞」って、私の？

また先々月のこと。

私が乗っていた新幹線が駅の手前で不意に止まってしまった。

信号機故障とかいうことだが、はっきりしたことはわからない。

「詳しい情報が入り次第お知らせいたします」というアナウンスが何度も繰り返されている。

だが、10分、20分、30分、1時間を過ぎても一向に動き出す気配がない。

2時間が経過したとき、不意にこんなアナウンスが流れた。

「この列車が遅れていることに関しては、お客様よりあたたかいお言葉をいただいており、まことにありがとうございます」

え？　と思う。

「あたたかいお言葉」あげてないよ。

私はただ動き出さない列車にむかついていらいらしていただけだ。

なのに「ありがとう」……。

「ありがとう」は大切な言葉、美しい言葉、と教わった記憶があるけれど、常にそうとは限らない。

これらのケースではどうみても不気味な言葉になっている。

貼り紙やアナウンスをする前に、「ありがとう」だけはやめようって思わなかったのかなあ。

私の記憶では、トイレの注意書きにはこんな流れがあったように思う。

「小便をこぼすな」↓「一歩前へ」↓「いつもきれいにご利用いただきありがとうございます」

「小便をこぼすな」はいい。

「一歩前へ」もいい。

でも、「いつもきれいにご利用いただきありがとうございます」は、なんというか、一線を越えているんじゃないか。何かを捨ててしまった言葉に思えるのだ。

そういえば先日、商店街の靴屋で飾られている靴を手に取ろうとしたら、棚の横にこんな貼り紙があった。

「お客様の安全のため防犯カメラを設置しています」

ありがとう。

現場の弾力

編集者、デザイナー、写真家などと一緒に仕事のうち合わせをしていたときのこと。屋外での撮影を担当する写真家が幾つかのアイデアを示したあとで云った。

「あとは現場をみてから考えましょう」

その言葉は不思議に頼もしく響いた。経験に裏打ちされていることがわかるのだ。事前の準備は大切だが、机の上で考えられることには限界がある。予めあたまのなかで考えたイメージに固執するよりも現場の状況にフレキシブルに対応することでいい結果が出る、ということを、彼はよく知っていたのだろう。

これはプロの、というか、大人の発想だと思う。現実内体験の少ない子供はほぼ「あたまのなかで考えたイメージ」だけで生きている。若者が観念的なのもそのためだろう。だが、「あとは現場をみてから考えましょう」という言葉は、不確定な要素に充ちた現実特有の弾力を利用するという意識に根ざしている。それが大人っぽく思えるのだ。

サッカーの試合を観ているとき、強烈なロングシュートや芸術的なボレーシュートや劇的なフライングヘッドによるゴールシーンに出会うことがある。だが、全てのゴールがそのような鮮やかさをもっているわけではない。

敵味方がごちゃごちゃと入り交じった状態からこぼれ球をうまく押し込んで一点、ということもある。鮮やかなゴールに比べてこちらの方は印象が薄い。でも、実際の得点のうちでかなりの割合をこの種のゴールが占めているのだ。その前提に基づいて、フリーキックなどの際に解説者がこんな発言をすることもある。

「ゴールに向かっていく球を蹴れば何が起こるかわかりませんから」

これは単純な強引さの勧めではないだろう。現場の弾力のなかでは何が起こるかわからない。世界に占める不確定要素の影響力は我々がイメージするよりもたぶん大きいのだ。

だが、例えばサッカー選手に憧れる少年のあたまのなかは鮮やかなゴールのイメージで一杯だと思う。こぼれ球で一杯なんてことはないだろう。実際のゲームにおいてはこぼれ球に対する反応が重要だと認識するのは、或る程度の経験を積んでからのことではないか。

現場の弾力ということに関して最も印象的だったのは、田舎のお寺で行われた葬式での体験だ。そこであげられたお経のなかに故人と他に数名の名前を読み上げる部分があった。ところが、お坊さんはそれが読めなかったのだ。名前のところでお経が止まってしまった。と云っても、黙るわけではない。

「ぬーん、ぬーん、ぬーん、ぬーん」

ずっと唸っているのだ。しばらくそれが続くので、ははーん、名前が読めないんだな、と皆にわかる。そのとき、親族の席から、のぶすけ、のぶすけ、のぶすけ、と複数の囁きがしゅーしゅーきこえてきた。それを受けて、お経が重々しく進み始める。

「の～ぶ～す～け～」

ところが、しばらくすると、また。

「ぬーん、ぬーん、ぬーん、ぬーん」

すると、よしすけ、よしすけ、よしすけ、のプロンプト。で、再び。

「よ〜し〜す〜け〜」

一同は何事もなかったかのように頭を垂れてきいている。うーん、と私は思った。これでいいのか。厳粛な場なのに。自分があのお坊さんなら、名前が読めないことに気づいた瞬間に絶体絶命と思ってめちゃくちゃ焦るだろう。

でも、彼の「ぬーん」は落ち着いていた。現場の弾力に身を任せることに慣れているのだ。慣れすぎ、身を任せすぎだよ、と思うけど、案外これが大人のライブってもんかもしれないなあ、とも感じる。すぐに絶体絶命と思ってしまうのは子供なのか？

絶望の宝石

小学校のときはいろんな罪人がいたもんなあ
給食のこすヤツ
トイレでウンコするヤツ
女と仲よくしたヤツ

『幸せのひこうき雲』（安達哲）より

「すぐに絶体絶命と思ってしまうのは子供なのか？」前回の最後で私はそう書いた。
改めて考えてみると、確かに子供の世界は純度の高い絶体絶命感に充ちていたと思う。
漢字テストの前日に学校が燃えればいいと思った。
半年前に隠した給食のミカンが机のなかでなんだか怖ろしいものになっているよう

だ。

「僕んちには部屋が十個ある」と嘘をついたために、「じゃあ、みせろ」と皆に云われて、一緒に家まで行くことになってしまった。

水泳が苦手なのに選手に選ばれそうになって「クロールできない」って必死に云ったのに『自由形』だからクロールじゃなくてもいいんだよ」と口々に云われて、ひとりだけ平泳ぎで泳ぐ羽目になった。

ひとつひとつの絶望感は体に生々しく残っている。十個の部屋をみにくる同級生たちとぞろぞろ歩いた陽炎《かげろう》の道。ゆらゆらする影をみながら、私はどうしようどうしようどうしようと思い続けていた。ひとりだけ平泳ぎの私が圧倒的なビリでゴールして顔をあげると、大きな拍手に包まれていた。やめろ。皆死ね。

今、振り返ると、それらの記憶には奇妙な懐かしさも含まれているのだが、そのときどきは本当にたまらなかった。いや、絶望の純度の高さが時間の経過によって反転するからこそ、懐かしく感じられるのかもしれない。ひとつの判断ミスが場の流れによって大きな負の結果に繋がることは大人の世界でもあるのだが、子供時代のそれとは明らかにニュアンスが違う。子供の世界では、ちょっとした嘘と弾みが結晶化して、非現実的なまでの絶望の宝石を生み出すことがある。

児童文学などにも、この宝石は描かれている。例えば『デミアン』の主人公は、仲間外れになるまいとして思わず吐《つ》いた嘘（リンゴを盗んだというもの）がもとで、次のような心理状況に追いつめられてしまう。

私の周囲の世界はくつがえった。彼は私を告発するだろう。私は犯罪人だったのだ。みんなはこのことを父に言うだろう。それどころかたぶん警察が来るだろう。混乱した世界のあらゆる恐ろしいことが私を脅やかした。あらゆるいまわしいこと危険なことが、私に向かって召集された。私がまったく盗みをしなかったということは、もはやまったく重要ではなかった。

『デミアン』（ヘルマン・ヘッセ）より

子供世界の絶体絶命感がもっとも精密に表現されているのは、私の知る限りでは、『幸せのひこうき雲』（安達哲）という作品だ。残しちゃいけない決まりの給食をどうしても食べられない女の子が「あたしはどこかおかしいんだわ」と呟く。泣きじゃくる子供にわけを尋ねると「おうちの本棚のウラに落ちてるのを見つけたんです……図書館で借りた……ご本。返すひにちをもうずーっと」と号泣する。ここにはピュアな絶望が充ちている。
　あんなに沢山の絶体絶命を潜ったのに、私は一度も死ぬことなく大人になった。そして今日も生きている。ちゃんと普通に。別になんでもなく。特にどうってことなく。いったいこれはどうしたことだ。「どうしよう」と心に繰り返した陽炎の日が夢でないのなら、今のこの私の方が夢なのだ。

「夢っていえば……最近おかしな夢をよく見るんだ。女を斧でめったうちにする夢なんだよ」

『幸せのひこうき雲』（安達哲）より

世界を凍らせる言葉

ぼくが真実を口にすると　ほとんど全世界を凍らせるだらうといふ妄想によつて
ぼくは廃人であるさうだ

（「廃人の歌」吉本隆明）より

この詩句をはじめてみたとき、痺れた。

詩人だなあ。

かっこいい。

それ以来、世界を凍らせるような言葉に憧れをもっている。

吉本隆明は詩論においても「詩とはなにか。それは、現実の社会で口に出せば全世界を凍らせるかもしれないほんとのことを、かくという行為で口に出すことである」

と述べているらしい。

でも、そんな詩を実際にみたことはない。

にも拘わらず、現実の生活のなかで、何かの拍子にそのバリエーションみたいなものに出会ってしまうことがある。

数年前のこと、私はAさんという知人の女性と挨拶を交わした。

ほ「お久しぶり、お元気ですか」

A「堕胎しました」

世界は凍らなかったが、私は凍った。

知人と云っても、私がAさんと会うのは二度目なのだ。

彼女の言葉は嘘や冗談ではないだろう。

「元気ですか」と訊かれたから、ナチュラルに「真実」を答えたというだけなのかもしれない。

でも、このタイミングでそこまで「真実」ってどうなんだろう。

私がお腹の子供の父親とかならともかく、そんな事実はないのだ。

一般市民への無差別「真実」攻撃とでも云うべきか。

彼女の言葉に対して、私は魚っぽい笑顔を浮かべるのが精一杯だった。

さらに広範囲の世界を凍らせた言葉として思い出されるのは、大相撲の貴乃花の発言である。

もう十数年も前になるだろうか。

宮沢りえとの婚約解消時の記者会見で破局の理由を尋ねられたとき、当時大関だった彼は確かこう云った。


「愛情がなくなりました」


実際の現場が凍ったかどうかは知らない。

でも、凄い答だと思う。

この言葉をきいたあとで、誰か何か云えるだろうか。

良いとか悪いとか優しいとか残酷とか誠実とか卑怯とか、何を云っても虚しいだけだ。

記者会見など所詮は茶番であり、婚約とか破棄とかいうのは社会的な決めごとに過ぎず、愛に手を触れることは誰にも（当事者にも）できない。

その全てを一瞬で照らし出したのだ。

「真実」を突き抜けて、殆ど真空というか虚無というか、耳にした者全員の魂が抜けるような言葉……。

あれから今に至るまで、貴乃花と宮沢りえのふたりがどこか半透明というか、現世に戻ってきていないような印象があるのは、そのせいじゃないのか。

電車内の会話

電車のなかの誰かと誰かの会話を聞くのが好きだ。自意識から遠いようなタイプの若い男の子同士のやり取りにいいものが多い。なんか「動物同士の会話」みたいになってて可愛いのだ。

その1　先輩後輩

「俺、今度、デート行くんすけど」
「やったじゃん」
「初めてなんすよ」
「うん」
「やっぱおごりますよね」

「そりゃおごるよ」
「で、金、ないんで」
「ああ、うん」
「バイトしようと思って」
「うん」
「いくらあればいいんすかね」
「2万だろ」
「そっすか」

聞き耳を立てていた私は、へ？　と思う。デートのためにバイトするっていう後輩の質問も可愛いけど、「2万だろ」って先輩即答だよ。いいのか、それで。一口にデートと云っても、いろいろあるだろう。どこに行くのかとか、何をするのかとか、どんな相手かとか、それによって金額も変わると思うんだけど……。そういう状況を一切無視してデート＝「2万」のきっぱり振りにびっくり。でも、「そっすか」で後輩即納得。いいなあ。

その2　友だち同士

「俺さ、Tシャツないんだよ」

「俺あるよ」

「嘘まじ？」

「うん」

「Tシャツだよ」

「うん、Tシャツ」

「あるの？　Tシャツ」

「めちゃめちゃあるよ」

「1個くれよ」

「うん、やだ」

「2軍でいいからさ」


「めちゃめちゃあるよ」とか「うん、やだ」とか、全ていいけど、やっぱり「2軍」が素晴らしい。友だちのTシャツに「1軍」と「2軍」があることに勝手に決まってるのか。いいなあ。私もその世界で生きたかった。

　このような会話の全体がたわいなさと意外性の淡い光に包まれているように感じられる。光の源にあるものは「不定型で無限の未来」ではないだろうか。それが彼らの「今、ここ」の言葉を照らしているのだ。

　その証拠に大人同士の会話にはこの光を感じることが少ない。例えば、電車のなかで若手のサラリーマンらしい先輩が後輩に向かって自慢っぽい説教をしているとき、そこには意外性どころか強い既視感が充ちている。それぞれが次に何を云うかわかるような気がして聞いているのが苦しい。

　彼らと「バイト」や「Tシャツ」の少年たちとの間にそれほどの年齢差はない筈だ。つまり現実の持ち時間としての「未来」に大差はない。しかし、その質が決定的に変化しているのだ。そこからは「不定型で無限」という感覚が失われている。替わりに「目的化された有限の未来」すなわち「社会人としての将来」が、彼らの「今、ここ」を支配するようになって、言葉から光が消えたのだろう。

女の主体性

高校野球のテレビ中継では、客席の女子学生が必ず映し出される。ピンチに「切りぬけて」という緊張の表情。チャンスに「打って」という祈りの表情。絶望の涙。歓喜の涙。私はそれらをみて、ぽわわーん、となる。可愛いなあ。

だが、自分が「彼女」の立場だったらどうか。「ふざけんな」と思うのではないか。「ふざけんな。断りもなくあたしの顔を映すな。それより、あたしに打たせろ。バットをよこせ」と。もしも、そんな場面が放映されたら、セーラーの夏服で打席に向かう姿をみつめて、私はもっともっと、ぽわわーん、となるだろう。かっこいいなあ。

現在の世界において、女の主体性というものは阻害されている。圧倒的な逆風のなかで主体的な女の言葉は宝石のように美しい。

「教えてあげてもいいけど、あたしの仕事の邪魔しない？」

『ルパン三世　カリオストロの城』における峰不二子の台詞らしい。「らしい」というのは、実は、私はその作品をみていないのだ。だから、どのようなシチュエーションで発せられた言葉なのか知らない。にも拘わらず、この言葉だけを巻き戻して何度も何度も聞いた。宝石の煌めきを味わうために。不二子の望みは「助けて」でも「一緒にやりましょう」でもない。ただ男が「あたしの仕事の邪魔」さえしなければ、それでOKなのだ。ぽわわーん。

また先日、飲み会の席でお金を集める係になったときのこと。ええと、ひとり3200円だから、お釣りが、っと、あ、ふたり分ね、ええと……、あせあせともたつく私をみて、ひとりの女の子が云った。

「何やってるんですか。そんなやり方じゃだめですよ」

ぽわわーん。

「あ、目がきらきらしてる」

え、そ、そうかな。

「最近の男性はちょっと叱るとすぐそうなるから。あたし、モテて困ってるんです」

うーん、そうなのか……。私だけじゃないんだなあ。

そんな私の知るかぎり、最も巨大な宝石は『デビルマン』の妖鳥シレーヌである。女でありながら、主人公デビルマンを瀕死に追い込んだ最強最悪の敵。


「わたしは……、勝てるだろうか……、デビルマンに」

「おそれるな、おそれるな、おそれるなシレーヌ。数百万年前この地球がその全身を緑におおわれていたころ……、人間などというけがらわしい生物のいなかった時代、わたしとてかずおおくのデーモンをこのツメでひきさいた！　このシレーヌに戦いをいどんだおおくのデーモンが、おのれの能力のたりなさをのろいながら、おのれがはきだした血の海の中へしずんでいったではないか！」

「ククク、わたしは強い！　わたしは勝つ！」

「うつくしき月よ、そなたはこれからおこることを見ないほうがよい」


彼女の台詞を書き写しているだけで興奮する。なかでも特筆すべきは、デビルマンとの最初の戦いに敗れたシレーヌの前に盟友カイムが現れるシーン。女の主体性というものが、最高の言葉で賛美された瞬間だ。

「シレーヌ、おれのからだをつかえ！　合体だ！」

「えっ！　合体？　なにをいうのカイム。このキズがわからない？　あたしはもうすぐ死ぬのよ！」

「わかっている、シレーヌ。それをしょうちでいっている」

「合体してわたしの意識がふたりのからだを支配したら、デビルマンに勝ってもすぐに死ぬのよ！」（略）

「おれは生きのびるつもりはない。シレーヌ、きみにデビルマンを倒す勝利の感激をあじわわせたいだけだ。おれのからだをおれの能力をきみにやろう！」

「な……、なぜ……」

シレーヌの問いにカイムは応えず、ただみつめあう二人、いや、二匹。それからカイムは静かに口を開いた。

「シレーヌ、血まみれでもきみはうつくしい」

ぽわわーん。ぽわわーん。ぽわわーん。ぽわわーん。ぽわわーん。

心の戦国武将

キリンって現に実在していなかったら、ちょっと信じられない生物だと思う。

具体的には首。

あれって空想レベルの長さじゃないか。

でも、キリンは動物園にちゃんといる。

アフリカの草原にもいるらしい。

実在するのだ。

だから、我々は幼い頃に「首が」とか「長っ」とか一度びっくりしたあとは、まあ、そういう生き物なんだよな、と思うようになっているのだ。

つまりは慣れの問題。

あとゾウ。

うねうねとうねる鼻で果物を掴んで食べたり、シャワーを噴いたり。

どうみても空想上の動物だ。

でも、ちゃんといる。

まあ、そういうものなんだ。

ヘビも。

紐状だけど動きが速くて、泳いで、ジャンプして、樹にものぼって、敵の目を正確に狙って毒液を吐きかけるのもいる。

でも、宇宙生物なんかじゃない。

普通に実在。

慣れだから。

しかし、何かの拍子にふと我に返ると、全てが信じられないというか、架空っぽく思えてならないのだ。

ほんとにそれで合ってるの？　と云いたくなる。

まあ、造物主の手になる動物のデザインに、合ってるも間違ってるもないわけなんだけど。

でも、キリン的、と思うものは人間界にもある。

例えば、電車の吊り広告のなかにときどきみかけるこんな文字。

「戦国武将に学ぶ風林火山経営術」

パソコンのキーボードとシステム手帳の写真の横に、「風林火山」の旗と武田信玄の絵が描いてある。

ビジネスマン向けの雑誌の特集だ。

合ってるの?

だって……、しないだろう、戦国武将は、会社経営。

でも、たぶん本気。

ネクタイを締めた経営者たちは、真剣に戦国武将に経営術を学ぶつもりなのだ。

全国の社長という社長は皆、ひとりひとり胸のなかに憧れの戦国武将を秘めていて、自分自身の姿に重ね合わせているのだ。

わしは信玄、動かざること山の如し。

俺は謙信、敵に塩を送る。

僕は家康、社章が「三つ葉葵」。

おいら道三、髭がそっくり。

私が今日まで一度も社長になっていないのは、心のなかに戦国武将をもっていなかったためかもしれない。

そんな気がする。

いや、社長だけじゃない。

いつだったか、選挙の立候補者ポスターに羽柴秀吉の名前をみた記憶もある。

「豊臣」じゃないのは天下を獲る途中だからか。

尊敬する人物は織田信長っていう総理大臣もいた。

まさかブッシュやビル・ゲイツの白い背中にも「風林火山」の刺青があったりするのか。

そんなのって架空の世界に思える。

でも、現実なのだ。

この世界。

エクステ

以前、「梅干しの種の毛」とか「バナナのひも状のもの」とか、多くの人がみてはいるけどみえてないものについて書いた。だが、さらに細かくいうと、この「みてはいるけどみえてない」には個人差がある。そのひとの年齢や性別や趣味嗜好などによって世界のみえ方にはムラがあるのだ。

スポーツに興味のない女性がボクシング中継をみてこう云うのをきいたことがある。

「どうして手に玉を持ってるの」

違う。明らかに違う。でも、咄嗟に説明の言葉が出てこない。確かにみた目上は大体そうだからだ。でも、あれは「玉」を「持ってる」んじゃなくて、グローブを嵌めて、いや、グローブなんて言葉は使えない。それが通じるくらいなら「玉」な認識になる筈がない。彼女が知っているなかでいちばん近いものはたぶん手袋。でも、そう云ったら今度は「裸で手袋！」ってことに……。

また、運転免許をもたない或る知人は自動車を車種やかたちで見分けることができず、「色」でしか認識していない。彼は「一方通行」も知らなかった。その道が「一方通行」であることを知らなかったんじゃなくて、「一方通行」という概念自体を知らなかったのだ。「だってここ、どっち向きにも行けるじゃん」と云う。「いや、歩きなら行けるけど」と云うと、「車じゃ行けないの？」と聞き返されて絶句してしまう。車でも物理的には行けますけど……。

世界のみえ方のギャップが埋め難いのは、問題は単にその一事に留まらず、ひとりひとりの存在のあり方と関わっているからだ。みえなさの背後にはみえないことを支える実存の重みが張りついている。そして、私のみえ方よりも相手のみえなさの方が「重い」ということもあり得るのだ。

そんな風に驚いたり呆れたりしている自分だって、苦手なジャンルのものはみえない。例えば、エクステ。名前をきいたことはあるけど実物をみた覚えはない。でも、「絶対みてますよ、気づいてないだけ」と云われてしまう。そうですか。

町中をゆく女性たちのなかにエクステなひとが沢山混ざっているというのだ。エクステとはエクステンションの略らしく、髪の毛を伸ばしたり、増やしたりするものと思われる。つまりおしゃれなカツラみたいなものかな、と思うけれど、なんとなく口に出せない。

あれはまだ私が会社で総務課長をしていたときのこと、いつもの時間にいつもの宅急便のお兄さんがやってきた。そして、応対に出た若い女子社員に向かって、「お、エクステなんとかかんとか」と云ったのだ。すると、女の子も嬉しそうに「うん、エクステなんとかかんとか」と答えて、ふたりで楽しそうだった。

思えば、あれがエクステという言葉をきいた最初であった。その名は覚えやすかった。エクステとエスクテでは正しい方が発音しやすいからだ。自然に云いやすい方を云えば正解。マスカラとマラカスのときはほぼ同レベルで、大変だった。しかも、マラカスも「ある」のだ。

楽しそうなふたりに向かってその場で「エクステって何？」と訊けなかった私は、後でこっそり調べて、それがどうやら髪の毛に関係しているらしいことを突き止めた。だが、当該女子社員の頭部をじっとみても、どこがどうエクステなのかわからない。宅急便のお兄さんはひと目でわかったのに。どんなに凝視しても年齢差が二十歳以上あるとエクステはみえないのか。

それから数年が過ぎた。エクステはまだみえない。ところが先日、睫毛エクステという言葉をきいてしまった。ちょっと待て、と云いたい。でも、云っても無駄だ。代わりにそっと歯を食いしばる。世界がぐんぐんみえなくなってゆく。

美容室にて

あれはいつ誰が考えついたんだろう。美容室で髪を洗ってもらっているときに上空から降ってくる。

「**おかゆいところはございませんか**」

最初に訊かれたときはびくっとしたけど、もう慣れた。

「はい、大丈夫です」

棒読みでそう答えながら、なんとなくもやもやする。誰が最初にこの質問をしようと思ったのか。これってきめ細かいサービスなのか。よくわからないけど、でも、あっと言う間に広まった（ようにみえる）ってことは、良いサービスだとみんな思ったんだろう。

　それとも良いとか悪いとかではなくて、ひょっとしてあれはあれだろうか。どこかの島のサルがイモを海水で洗って食べるってことを始めると、伝達手段のない他の島のサルたちまでがほぼ同時期に同じ行為を始めるという「一〇〇匹目のサル」現象。洗うってとこも似てるし。

　顔の上からあれが降ってくるともやもやするのは何故だろう。たぶん、私の感覚で摑みきれないというか、微妙にチューニングが狂っているように感じられる言葉が、当然のように世界を覆ってしまうのが不安なのだ。あれには何ら実害があるわけではない。むしろ親切。でも、近い周波数のなかに、自分にとって決定的に不都合な何かが世界を支配するヴィジョンがみえてしまうのだ。

　あれに対してかゆい場所をちゃんと伝えるお客さんは何パーセントくらいいるのだろう。日本人の性質から考えてかなり少ないんじゃないか。少なくとも私は云えたことがない。本当は凄くかゆいときもあるけど、というか、いつもかゆいんだけど、その場所を伝えるのが恥ずかしく、しかも難しい。

　そう、難しいのだ。あたまの部位の名称ってそんなに細かくふられているわけじゃないから。都合良く名前付きの箇所（コメカミとかトーチョーブとか）がかゆくなるとは限らない。地図みたいに「Bの6」とか云えるといいのだが、残念ながら頭皮には座標がない。結局は「はい、大丈夫です」と棒読みすることになる。儀式のように死んだやり取りだ。かゆそうなあたまだなと思ったら、何も訊かずに丸ごとがしがしこすって欲しい。

そんな或る日のこと、こんなのが降ってきた。

「気持ち悪いところはございませんか」

え、と思う。「おかゆいところ」じゃないの。「気持ち悪いところ」って何。

「はい、大丈夫です」

とりあえずそう答えながら、さらにもやもやする。すると、しばらくして第二弾がきた。

「耳は気持ち悪くございませんか」

さっき大丈夫って云ったのに。しかも何故ピンポイントで耳。耳が気持ち悪いって状態がうまく想像できなくて気持ち悪い。「かゆいは気持ち悪いに含まれる」ってことでシステムが変わったのかなあ。なんだか、チューニングがさらに怪しくなってないか。全国の美容師さんが一斉に「耳は気持ち悪くございませんか」と囁いているところを想像してこわくなりながら、不意に「かわゆいところはございませんか」という冗談を思いつく。答「全部」。

おんなのちんこ

或る学校の先生と話していたとき、こんなことを云われた。

「ほむらさんの短歌は小学生に大人気です」

「え、嬉しいですね。どんな歌ですか」

挙げられたのは次のような作だった。

サバンナの象のうんこよ聞いてくれだるいせつないこわいさみしい
ねむりながら笑うおまえの好物は天使のちんこみたいなマカロニ

それって短歌が大人気というよりも、小学生たちは「うんこ」とか「ちんこ」が嬉しかっただけなのでは……。

どうして子供は「うんこ」や「ちんこ」が好きなんだろう。

「マツダのちんこはまるっこいです」

以前この欄で紹介した子供の言葉だが、こういうのを口にするときの彼らのテンションの上がりっぷりはただごとではない。大人が嫌がったり隠したりするからわざと云いたがる、という説は正しいのだろうか。

『Dr．スランプ』の「アラレちゃん」の趣味が「ウンチつつき」で、棒に刺してみせたりしていたのは、ロボットの自分は「うんこ」をしないから興味があるんじゃなかったっけ。

「ちんこ」の方では、大人は単に言葉だけを避けているんじゃなくて、真に隠蔽されているのはその背後にある生殖の秘密である。子供たちは鋭い嗅覚でその匂いを嗅ぎ取ることで、テンションが上がってしまうのではないか。「マツダのちんこはまるっこいです」と熱っぽく叫ぶ子供は、人間が人間をつくるという事態の遥かな衝撃波に曝されているのだ。

いつだったか、お風呂上がりに鏡の前で思ったのは、遠い星からやってきた宇宙人が、地球人の男女を捕まえて全く予備知識なしにその身体をみたら、やっぱり性器のところに「なんか秘密がある」と直観するんじゃないか、ということだ。

それとも私が地球人で答を知っているから、そう思うだけなのか。本物の宇宙人の目は案外節穴で、例えば自分たちが全身つるつる系星人だったら、我々の「髪」とか「髭」とかに間違って秘密を感じてしまったりするのだろうか。でも、そのおかげで「髭」を剃られただけで帰して貰えたら幸運だ。

「奴ら俺の大事な髭をもってっちまった」

「まあ何を云ってるのあなた、髭だけで済んでよかったじゃない」

確かに「髭」はすぐまた生えてくる。「ちんこ」だったらそうはいかない。

宇宙人よりもずっと無力な子供たちの、秘密に対するアプローチ例として思い出すのは、こんな歌だ。


♪ゲ、ゲ、ゲゲゲのゲ、おんなのちんこに毛がはえた

小学校のとき、同級生のKくんが歌って女子に嫌がられていた。当時テレビで放映されていた『ゲゲゲの鬼太郎』(「♪ゲ、ゲ、ゲゲゲのゲ、みんなで歌おうゲゲゲのゲ」)の替え歌になっているところも面白いけど、やはりポイントは「おんなのちんこ」だろう。これは狙った表現ではないと思う。つまり、替え歌の原作者がKくん自身かどうかは知らないが、「彼」は女性器の名称を知らないほどに子供なのだ。そして異性への関心及びその成長に対する興味と怖れを、知らないなりに精一杯、この歌詞に籠めたのだと思う。そう考えるとき、「ゲ、ゲ、ゲゲゲのゲ」のフレーズは直接的には「毛」にかかりつつ、どこか不安げなメロディとともに、現在の自分には対処不可能なテーマに挑む者の心を表しているように感じられるのだ。

ハイウェイの光のなかを突き進むウルトラマンの精子のように　　穂村　弘

理不尽の彼方

先日、春の高校バレー選手権をテレビでみていたときのこと。試合そのものも面白いのだが、この中継ではタイムアウトをとったときの監督や選手たちの声や表情を捉えていて、また興味深かった。監督の人柄や高校ごとのカラーがよく出ているのだ。その日の試合は女子の準決勝。優勝候補を相手に善戦してフルセットにもつれ込んだものの、最終セットの流れが悪く、いよいよ追い込まれたチームが最後のタイムをとった。監督と選手たちとのやり取りはシンプルなものだった。

監督「一分でエネルギー貯めろ!」
選手たち「はい!」

おおっ、と思う。恰好いい。連日の激戦に加えて既にフルセット戦っているのだ。

選手たちは満身創痍で疲れ切っているだろう。ぎりぎりまで追いつめられて、心身ともに限界が近い筈だ。今ここで、一分でエネルギーを貯めるのは無理。そんなことは監督がいちばんよくわかっている。その上で敢えて発せられたこの台詞、さらには間髪を入れずに全員が返した「はい！」に痺れる。理不尽のなかに愛と信頼が詰まっているのだ。

理不尽と云えば、以前、コンピュータに搭載用の新しいオペレーションシステムを開発するために集められたチームの物語を読んだことがある。全員が優秀なプログラマーなのだが、それでも新OSの開発は並大抵のプロジェクトではない。徹夜続きで全く家に帰れず、精神のバランスを崩す者が続出、ついに家庭が崩壊した部下に向かって、チームのリーダーはこんな言葉をかけていた。

「今がお前の人生最良のときだ」

滅茶苦茶な意見だ。でも、充血した目と目が見つめ合う極限状況で告げられたこの言葉に、私は奇妙な興奮を覚えてしまった。無論、他人事だから云えることだが、「給食」と「ホームルーム」と「五十音順」で育った私は、「幸福がいちばん大事」的なまともさが通用しない暗黒世界を怖れると同時に奇妙な憧れを抱いているのだ。そこから滲み出してくる液を舐めてみたい。ごくごく飲むのは嫌だけど、ぺろっとなら舐めてみたいのだ。どんな味がするんだろう、と想像するとき、ひ弱なこの胸に妖しいときめきが生まれる。

このような理不尽の究極型が次の言葉だと思う。

「海兵隊員は許可なく死ぬことを許されない」

原典は別にあるらしいけど、私は『フルメタル・ジャケット』という映画のなかで知った。許可もなにも、相手が死ではどうしようもない。許されないって云われても、死んじゃったものは、どうしようもない。そんなことは自明。だからこそ、この無茶な言葉には衝撃力があるのだ。理不尽のなかに死の絶対性の超越という夢が込められている。

これらの言葉における肉体や幸不幸や生死の超越は、バレーの試合中だから、OS開発チームだから、海兵隊員だからこそ成立するという点にも注目したい。危うい側面をもってはいるが、その本質は「ミッションにおいてひとは永遠」という幻想だと思う。

ちなみに今、私の腕に巻かれているのは爆発物処理班用の腕時計である。勿論、私は爆発物の除去なんてしない。できない。近づきたくもない。でも、操作性を考慮した4時位置のリューズ、視認性を追求した両面無反射サファイヤクリスタル風防及びトリチウム蛍光インデックス、誤爆を避けるための双方向耐磁構造などと機能を並べられると、自分の日常には全く無関係なのに、いや、だからこそ、うっとりしてしまうのだ。

ミリタリー仕様とかレーシング仕様とかNASA仕様の腕時計に惹かれてしまうのは、何故なのだろう。極限状況に耐えるほどに高性能だから、と思っていたのだが、改めて考えると、どうもそれだけではないようだ。おそらくは「ミッションにおいてひとは永遠」の幻想を自分の腕に巻きつけてみたいのだ。

逆効果的

町を歩いているとき、レストランなどの入り口付近にこんな貼り紙をみつけることがある。

「テレビで紹介されました!」

気持ちはわかる。でも、そこをなんとかこらえて、せめて「!」はやめようよ、などと思う。雑誌の切り抜きが貼られていることもあって、それが読めないほど色褪せていたりすると、さみしい気持ちになる。

似たようなパターンにみえても、本屋さんに新聞や雑誌等の書評のコピーが貼ってあるのは、全く気にならない。どうしてなんだろう。あれもお客さんに向けての一種のアピールには違いないけど、商品説明的なサービスの意味合いが強いからか。レストランの場合も、個々の料理についての詳しい紹介記事ならさほどの違和感は覚えないのかもしれない。「うちの店」が「テレビで紹介されました！」というアピールの距離感がまずいのだ。

距離感を間違えた自慢系は、大体逆効果だと思う。レストランの場合は、なんとかお客にアピールしたい、という商売としての切実感があるからまだいい。でも、酔っぱらったおじさんが「自分がいかに大きなお金を動かしているか」を語っているのなどは、かなり純粋なマイナスだろう。

あと、シンプルで威力のある逆効果発言として思いつくのはこれ。

「何歳にみえる？」

たったひと言で、瞬時に無用な緊張感を作り出す言葉だ。以前、エレベーターのなかで耳にしたときは、びくっとした。どきどき、答え方を間違えるなよ、と無関係なのに不安にさせられる。この言葉を口にしていいことは何もないのに、わからないのか。自意識の扱い方というか、アピールの方向性が歪んでいると思うのだ。

悪気はないけどケアレスな逆効果発言というものもある。先日、電車のなかでひとりの女の子が「ユミさん」らしい相手に向かってこんなことを云っていた。

「ユミさんって、根は優しいんですね」

ああ、と思う。「根は」は要らないね。

私の知る限り、最も短くて最も完璧な逆効果発言（？）は「舌打ち」だ。なんというか、世界全体に対して逆効果。「舌打ち」をしたら、首から上がぼんっと吹っ飛ぶ仕様になっていればいいのに。

先週、印象的な逆効果発言を目撃した。吉祥寺駅ビル内のジューススタンドでジュースを飲んでいたときのこと。私の隣に父娘らしいふたり連れが座った。三十代くらいの父親は野菜ジュースを、十歳くらいの娘は苺ジュースを、それぞれ手にしていたのだが、途中でお父さんが女の子に自分の野菜ジュースを勧め始めた。「おいしいよ」「体にいいよ」「さっぱりするよ」。だが、思春期に差し掛かろうという佇まいの彼女は嫌がっている。野菜ジュースをなんとか飲ませたいらしい父親は最後にこう云った。

「これ飲むと、青虫みたいになれるよ」

「嫌！」と云って、女の子はぷいと横を向いてしまった。そりゃ、そうだよなあ、と思う。「●●みたいになれる」の●●には女性アイドルの名前でも挙げるべきだろう。選りに選って「青虫」とは。でも、ちょっと微笑ましい。焦って「青虫みたいになれる」と口走ってしまった父親の愛情が彼女に理解される日がいつか来るだろう。でも、それは未来のこと。短期的には文句なく逆効果。

わが町

数年前に引越しのための部屋探しをしていたときのこと。

なんとなく、この辺りがいいかなと思った駅で降りて、近くの不動産屋に入った。

そこで希望の条件を説明して、お店のひとと一緒に物件を見て回ることになった。

ところが、歩き出してすぐ「脚」に出会ってぎょっとする。シャッターの下りた店の植え込みの間から、にょっきり二本突き出していたのだ。「脚」を遡ってみると、スーツ姿の会社員らしき男性が死、いや、眠っているようだ。

酔っぱらいだろうか。昨日の夜からここにいたのか。しかし、治安とか風紀とか、この町は……、大丈夫か？

私の表情に気づいた不動産屋は「脚」を指さして云った。

「安全な町なんですよ。だから、安心して寝てるんです」

うーん、そうかなあ。かなり疑問だったけど、夜遅くまでやっている古本屋とカフェが多いところが魅力だったし、なかなか良さそうな部屋もみつかったので、住んでみることにした。

その後の四年間で一度近場に引っ越したけど、今も同じ町に住んでいるから、相性自体はいいのだろう。しかし、住むひとを選ぶ町であることも確かだ。

引越しを決めたあとで、友人のひとりから「何処にしたの？」と訊かれたから、駅名を云ったところ、「なんでわざわざそんなところに」と云われたくらいだ。

「そんなところ」がどんなところかというと、例えば先日、新しく店が出来たのに気づいて近づくと、入り口付近にこんな貼り紙があった。

「昼から飲めます」

うむ、と思って、そっと立ち去る。そこがどんな店かってこと以上に、ここがどんな町かわかるなあ。私はお酒を飲まないから関係ないけど、昼から飲める町に住みたい人にはいいだろう。「脚」になってみたい人にも。

そのあとで立ち寄ったアジアンな雑貨屋さんでは、ご主人らしき年輩の男性に話しかけられた。

「今日は本当にお天気も良くて、最高のサタデーですね」

ええ。でも、何故英語……。

ここは濃い人生の果てに流れ着いた人々がつくりあげたゆるゆるの町。新興宗教団体の建物が幾つも点在する町。作務衣姿の金髪おじさんが無農薬野菜を小脇に抱えてスケートボードで走り去る町。カフェの窓際では洗いざらした雰囲気の女性が大人しそうな連れの外国人男性に向かって何かを熱く語っている町。

そして、私は一軒の家の門にこんな言葉を発見。

「猛犬にっこり」

へ？　と思って接近すると、「猛犬に」のあとに手書きで文字が足されているようだ。たぶん、元々は「猛犬に注意」とかだったのだろう。そこだけ赤で記された「注意」の文字が年月を経て薄れたところに、誰かが「っこり」を書き足したのだ。

私は「なんでわざわざそんなところに」と云った友人に電話をして、「猛犬にっこり」のことを教えた。

「ちょっといいでしょう？」

「うん」と彼女は云った。「でも、嫌」

第一声

珍しい苗字のひとがちょっと羨ましい。なんだか希少価値という気がするからだ。私の本名はクラスに一人はいないかもしれないけど学年に二人は必ずいる、というレベルだ。だが、実際に珍しい苗字になったら、そのタイプにもよるけど、厄介なことも増えるんだろうなと思う。

中学校の部活で区の卓球大会に出たときのことを思い出す。私の前に立った対戦相手の胸に「乳房」と書かれた布が貼られていた。一瞬、目を疑ってから、反射的に他の選手の胸をみると「山崎」「加瀬」「長谷川」……、だよな、ってことはやっぱり苗字なのだ。思わずその顔をみて、名前のせいで彼は今日までどれだけからかわれたことだろう、などと考えてしまった。

そこまで極端な例ではなくても、珍しい苗字をもつひとの宿命として、電話などで名乗ったときに聞き取って貰えないことがあると思う。会社員時代の上司に阿天坊さんというひとがいた。電話口で自分の名前を云う際の彼の口調は実に投げやりだった。無理もない。「阿天坊です」とどんなにはっきり発音しても、絶対に聞き返されることはわかっているのだ。

つまり、彼にとって名乗りの第一声は捨て駒のようなもの。真の戦いは聞き返されてから始まる。とはいっても、そこに至っても「あてんぼう、あてんぼう、人間の名前です」とか、「阿呆の阿、天才の天、坊主の坊」とか、かなりのやけくそ感が漂っているのだった。

一方、私の苗字は普通だし、気が小さいので第一声にはいつも気を遣っている。相手との関係性や場の状況を考慮して、その後の会話の流れを想定しながら、最も意思が伝わりやすい言葉を選択する。

だが、世の中にはそんなことはお構いなしに話し出すひともいる。先日、地元のお寿司屋さんにいたら、入り口のドアが開いて、こんな声が聞こえた。

「こんばんは、やどかりなんですけど」

店中のひとが振り向く。勿論、私も振り向いた。やどかりが寿司屋に……、日本昔話だ。ちょっと違うか。だが、声の主は人間の女性にみえた。やどかりなんですけど、と云ったきり、店内に入ってくる様子がないので、お店の奥さんが出ていって応対をしている。やがて、やどかりはあたまを下げて帰っていった。

「お子さんが飼ってるやどかりが大きくなっちゃったから、新しいお家にできるような貝殻が欲しくて、近所の寿司屋を回ってるんですって」

奥さんの説明で謎が解けた。しかし、このケースで第一声が「こんばんは、やどかりなんですけど」になるものだろうか。かなりの特殊事情だから、それなりに説明が要ることはわかっているだろうに。自分のあたまを占めていることを、何も考えずにそのまま口に出した感じだ。どうしてそんなに大胆になれるのか。世界と他者に対する怖れのなさが羨ましい。だが、そういうひとは決して珍しくはない。

昨年、祖母の葬儀で北海道に行ったときに、夜中の古本屋に立ち寄ったことがあった。外は激しい雪。そんな時間にそんな場所で喪服姿の自分が、なんとなく映画の登場人物にでもなった気がする。そのとき、不意に店主の声が響いた。

「メタボからはほど遠い体型ですね」

私に云ってるのか。私に云ってるんだろうな。他に客はいないから。しかし、あまりに唐突な言葉で咄嗟にどう返していいかわからない。「はあ」と応えながら、軽くむっとする。古本屋なのに、夜中なのに、雪なのに、喪服なのに、東京から来てるのに、店主と客なのに、第一声がそれかい。映画気分が台無しだ。いや、別の意味でこれも映画だろうか。

店主としては一種のお愛想のつもりだったのかもしれない。しかし、それにしても他に云いようがなかったのか。自分の店だからってリラックスしすぎだ。それから、気を取り直してしばらく話をした。彼の結論はこうだった。

「メタボは良くないさ」

うっかり下手なこと

近頃の車内広告などでよく目にする決まり文句に「日本最大級」がある。便利な言葉だなあ、と思う。ポイントは「級」だ。初めてこの「級」に出会ったのは、いつだったろう。「初級」「ミドル級」などは以前からあったが、こういう使い方はなかった気がする。

この仲間に「風」がいる。「手打ち風」「手ごね風」「ホームメイド風」などのように使われる。これも昔からある「洋風」などとは印象が違う。それから「的」。「自分的」「あたし的」などの「的」だ。「個人的」の「的」は前からあったけど、やはりどこかが微妙に、しかし決定的に違っているようだ。

これらの共通点は一文字であること。それから「他人に突っ込みを入れさせない」ために使われていることだ。

「日本最大級」とは「絶対に『日本最大』とは云い切れないがほぼそれに近い」とい

う意味だろう。その背後には「『日本最大』って断言してるわけじゃないんだから、万一違ってても文句云うな」という意識が感じられる。

同じく「手打ち風」は「『手打ち』っぽいってことは『手打ち』じゃないってことだぞ、わかってるよな」。「自分的」は「とにかく自分のなかではそうなんだから、あんたの意見と違ってても知らないよ」。

いずれも一文字でこのニュアンスを表現して、他者の突っ込みに対するバリアを張れるところが便利なのだ。

これを逆に考えると、今は「うっかり下手なこと」が云えない時代なんだということがわかる。「うっかり下手なこと」を云うと、突っ込まれたり、クレームをつけられたり、ときには訴えられたりする。

どうしてそういうことになったのだろう。メディア環境の変化による情報量の増大、個人の権利意識や消費者意識の高まり、それらに起因するコミュニケーション形態の変容といった流れだろうか。

確かに、インターネットのブログや掲示板には、知り合い同士の相互贈与的な好意のやり取りがある一方で、第三者に対しての厳しい駄目出しが目立つ。みんな他人のやることが気に入らないんだなあ、と思う。

そんな感覚が浸透するにつれて、自らの身を守る必要性が高まってゆき、発言や広告のなかに「級」や「風」や「的」が鏤められるようになったのだろう。

だが、おそらくはこれと表裏一体の現象として、「うっかり下手なこと」が許されるようなキャラクターや関係性や場に対する憧れも増しているようだ。「天然」「ゆるい」「脱力」などの語によって、それらへの好意は語られている。

先日、隣町の茶藝館に行ったときのこと。メニューを開いて、おやっと思った。各種のお茶の名前、その横に特徴や効能が記されているのだが、オーナーが台湾のひとのためか、微妙に日本語が不安定なのだ。或る銘柄の横には、こんなコメントが付されていた。

飲んだあと、口が素晴らしいお茶です。

おお、と思う。素晴らしいが素晴らしい。これは、どこからでも突っ込めすぎて、突っ込むことができない。「うっかり下手なこと」の宝石だ。

それから、電車のなかで耳にしたカップルの会話。

女「夏にフィーバーは暑いよね」

男「ん、それは……、暑いだろうね」

女の子の言葉に男の子はそう応えた。が、なんとなく、ぴんとこない顔で戸惑っている。それから「フィーバー」についての話がしばらく続いたのだが、どうも噛み合わない。聞いている私も、もやもやの正体がわからないままもやもやする。やがて少しの沈黙の後、彼女が済まなそうに云った。

女「ごめん、フィーバーじゃなかった。フリースだ」

おお。

だっちだっち

「こちょばい」と云ったあとで必ず「あれ？　『こちょばい』って方言？」と訊く会社の先輩がいた。

「方言だけど、メジャーな方言だから意味はわかります」
「そうしたら、標準語では、『こちょばい』をなんていうの」
「『くすぐったい』です」
「あ、そうか」

そのたびにこんな会話が交わされたのだが、何度も繰り返されるってことは、彼のなかでは、「こちょばい」がなんとなく方言らしい、というところまでしか把握しきれていなかったのだろう。「くすぐったい」は、たぶん一生インプットされないのだ。

「『こちょばい』って方言？」という問いかけに対して、同僚のひとりはこう答えていた。

「方言です。テレビのニュースでアナウンサーが『こちょばい』って云ってるの、きいたことないでしょう？」

「あ、ほんとだ」

なるほど、と私も感心しかけたが、考えてみるとニュースのアナウンサーは「くすぐったい」も云わないよ。

私の母親は方言をよく使っていた。「ごはんがしゃもじにふっつく」「パンツがお尻にねっぱる」「おしっこをむぐす」などなど。「ふっつく」は「くっつく」、「ねっぱる」は「はりつく」、「むぐす」は「もらす」と、それぞれニアリーイコールだ。たぶん本人は標準語のつもりで使っていたと思う。雰囲気としてはどれもわかる気がしたけど、子供の頃からきいていたから慣れただけかもしれない。母は東京生まれの北海道育ちだったから、これらはたぶん北海道弁なのだろう。

彼女の方言のなかで特に印象に残っているのは「だっちだっち」だ。「お風呂から出て身体を拭かないまま歩くから、廊下に水がだっちだっち垂れて」のように使う。つまり、オノマトペである。オノマトペにも方言があるんだなあ。「だっちだっち」は標準語でいうとなんだろう。「ぽたぽた」とも「だらだら」とも微妙に違っている。他では置き換え不可能な表現。でも、だからといって「だっちだっち」が標準語に採用される気配はない。

そういえば標準語って何を根拠にどうやって決まってるんだろう。日常的に「こちょばい」を使わない私でも、「くすぐったい」よりも「こちょばい」の方が感じが出てるというか、あの状態をより生々しく表現しているように思う。でも、今日から「こちょばい」を標準語に昇格させて「くすぐったい」を方言にしましょう、ということにはならない。感じが出てるってことを基準にするなら、関西弁と標準語は全取っ替えになるんじゃないか。

以前、或る知人が「なんとかかんとかおこぞまるから」と云ったことがあった。方言だろう。でも、これはわからない。前後の文脈からも意味がとれなかったので訊いてみた。

「『おこぞまる』ってどういう意味？」

「え、云わない？」

「初めてきいた」

「じゃあ、方言なのかなあ」

彼はしきりに首を捻りながら呟いた。

「そういえば自分以外のひとが云うのをきいたことがない」

あのー、それって方言ですらないのでは。

世界が歪むとき

「おい、驚いたよ。俺ん家にもうひとつ部屋があったんだ」

吉行淳之介が電話をかけてきてそう云った、という話をどこかで読んだ記憶があるのだが、あれは誰の本だったろう。吉行の場合は洒落の一種だったのかもしれないが、実際にそんな体験をしたら世界が歪むだろうな、と思う。

タレントのウガンダが亡くなった翌日のこと、電車のなかでカップルのこんな会話を耳にした。

男「ウガンダが死んだらしいよ」
女「嘘!」
男「ほんと」

女「全員？」
男「全員？」
女「……」
男「……」
女「もしかして、ウガンダってひとりだったの？」
男「え、ひとり、だよ。大きいけど」
女「……」
男「何だと思ってたの？」
女「グループ」

わかる気がする。人の名前らしくないから。まあ、もともと国名だけど。
誰かが死んだってニュースをきくと、多かれ少なかれ世界が歪むものだけど、この彼女の場合は特別複雑な歪み方をしたわけだ。おそらくは「グループが乗った車が崖から転落」的なイメージから始まって、数秒の間に世界像の修正に次ぐ修正。でも、優しい恋人が「ほら、これがウガンダだよ」って携帯電話で画像らしきものをみせてあげていたから、新しい世界の受け容れはスムーズだったろう。

そんな様子をみていると、人間には世界そのものを生きるってことは不可能で、ひとりひとりの世界像を生きているに過ぎないってことを改めて感じる。世界が歪むと云いつつ、実際に歪むのは世界像であって、世界そのものは微動だにしていないのだ。もしそうなら、世界を動かす言葉など存在しないことになる。あるのは世界像を動かす言葉だけ。でも、それによって、ひとは真剣に驚いたり喜んだり悩んだりする。

「死ぬ前にこれだけはどうしても云っておかないと……、実はお前はあたしがお腹を痛めた子じゃないの」

映画やテレビドラマのなかで、こんな場面をよくみる。その事実を知ったからといって、世界も自分自身も何も変わらない。なのに、云われた人間にとっては、その言葉を聞く前の世界には二度と戻れないほどの衝撃なのだ。

こんなにシリアスな言葉じゃなくても、もっと簡単なひとことで世界は歪む。以前、私は友だちに云われたことがある。

「お前ってトンボに似てるよな」

その場の全員が反応した。

「似てるー（笑）」

世界が歪んだ。トンボに似てる。トンボに似てる。トンボに似てる。どういうこと？　虫じゃん。でも、皆いっせいに「似てるー（笑）」って……。

ルート「ありえない」

思い当たることに出会った人々は「あるある」と云って喜び、その逆なら「ありえない」と云って怒ったりする。でも、ときには「ありえない」が「あるある」よりも深い喜びの表現になることがある。「あるある」のシンパシーに対して、「ありえない」とは良くも悪くも想像を超えたワンダーに触れた際に発せられる言葉だ。

会社員時代に総務部員として入社試験の監督をしていたときのこと。試験用紙を配って内容や手順について一通りの説明をしたあとで、「何か質問はありますか」と尋ねたところ、ひとりの女子学生が手を挙げた。

「このテストに落ちたら、来週もう一度受けにきてもいいですか」

一瞬、答に詰まる。「ありえない」質問だ。私は呆れつつ、ちょっと感心した。その質問を「ありえない」と私に思わせているものは社会的な枠組みに過ぎない。それを絶対視しない彼女のセンスに惹かれたのだ。勿論、「残念ながら駄目です。今日合格してください」と答えたけれど。

「ありえない」には、これ以外にも無数のバリエーションがある。

友達のひとりは、家のドアを閉めようとしてお母さんに止められたことがある、と云っていた。

「ドアは開けておいて。まさえちゃんがこれから帰ってくるから」

それを聞いて、友達はショックを受けた。何故なら、彼女が「まさえちゃん」本人なのである。「まさえちゃんがこれから帰ってくる」なら、ここにいる私は誰。私が確かに「まさえちゃん」なら、「これから帰ってくる」ものは何。

この話から、私は怪談とか民話を連想した。お母さんの「ありえない」言葉のなかには、怖さの他に奇妙な懐かしさや豊かさが含まれているように思われる。

また別の「ありえない」として思い出すのは、子供の頃に読んだキュリー夫人の伝記中の一節。

「貧乏なキュリー夫人は薄い蒲団しかもっていなかったので、冬の寒い夜には椅子を着て寝ました」

「椅子を着て寝ました」が、どうも「ありえない」感じである。誤訳か、それとも幼かった私の記憶違いだろうか。いや、実際に椅子を着てというか、その下に潜って寝た可能性もないとは云えない。

この不分明な事態のブレ方に魅力を感じるのは、世界に対する現代的なフォーカスの合わせ方に私が違和感を覚えているからかもしれない。誤訳や記憶違いとは、民話や伝承を生み出したり、それに力を与えたりする要素でもあるんじゃないか。

そして、「ありえない」は「ありえる」とは別のルートを通って、我々に何かを伝えているように思えるのだ。その証拠に（？）伝記に書かれていた筈の他のエピソードは全く覚えていない。私にとってのキュリー夫人は「椅子を着て寝」たひとのままだ。

中学生のとき、クラスに占いの得意なSという同級生がいた。Sにタロットカードで運命をみてもらったことがある。こんな風に云われた。

「将来だまされるでしょう」

私はびっくりして尋ねた。だまされるって、いつ、どこで、誰に、どんな風に。

Sは白目を剝いて囁いた。

「それはわからない」

私は口を開けた。が、言葉は出てこなかった。「ありえない」のルートは、この世のどこをどう走っているのだろう。

OS

下北沢の路上に、どこかのおばさんの声が響いた。

「日本人じゃないわ。だって、キッスしてたのよ」


私の心に様々な思いが一気に押し寄せる。

でも、結論は「まあ、いいや」だ。

個人的には「それ、ちがうでしょう。いろんな意味で」と思うけど、でも、わかって貰える気がしない。

どうしてもわかって貰わなくちゃならないわけでもない。

そのことに、ほっとする。

良かった。

見ず知らずのおばさんで。

「キッスはしたが、ふたりは日本人である（たぶん）」ことを彼女に納得させる係が私じゃなくて。

その作業は、どんなにか大変だろう。

彼女の言葉自体はそれほどおかしいわけではない。

ただ、それを載せているＯＳが古いのだ。

発言のロジックを吟味するまでもない。

いまどきのＯＳ上では「キッス」って単語、走らないよ。

キスでしょ。

キス。

でも、「キッス」を「キス」にするには、そのひとの辞書ソフトを新しくするだけじゃ駄目。

まず、ＯＳの入れ替えから始めないと。

コンピュータと違って人間の場合、それは気が遠くなるほど大変だ。

ＯＳのバージョンについての、さらに強烈な例としては、こんなのを思い出す。

他者の振る舞いについての批判的な感慨を込めて、或る女性が溜息混じりに云った言葉である。

「あの子は、しょうもない。やっぱり血が濃いのかねえ」

うわっ、と思う。

事情はわからないけど、遠ざかりたい。

古いよ、このOSは。

「血が濃い」というのが、比重とか血縁とか近親婚とかの話ならわかる。

でも、そうじゃない。

「キッス」↓「キス」みたいなバージョン違いの対応関係が、そもそも、この「血」にはないんじゃないか。

いちばん近いのは「血」↓「業」かなと思うけど、でも、微妙に決定的に違っているようだ。

その違いを想像しただけで眩暈。

このOS上じゃ、私のもってるソフトは一個も動かないよ。

お手上げ。

私のせいじゃない。

OSのバージョンが替わっただけですぐにソフトの互換性がなくなっちゃうシステムが悪いんだよ。

ところが、先日、電車のなかでこんな会話を耳にしてしまった。

静かに座っていた男子高校生が隣の友人に話しかけて、そのやりとりは始まった。


「さっき決めた顔でいくの？」

「だって、それしかないだろう」

「わかった。おれもリゾット調べるわ」


え？　と思う。

今の何。

聞き違い、じゃないよね。

全くわからない。

でも、ふたりはちゃんと通じ合っているようだ。

真顔で、一瞬、目と目を見交わして。

どういうこと?
いや、言葉はわかる。
わからないのは……、もしかして、僕のOS、もう古いの?

正解

お祝いのスピーチをしていて、あたまが真っ白になったことがある。云いたいことを大体云って、そろそろ終わろうと思ったとき、突然、終わり方がわからなくなったのだ。

あれ？

あれ？

スピーチってどうやって終わるんだっけ？

焦れば焦るほど言葉が出てこない。真っ白なあたまで、必死にまとめの言葉を探しつつ、変にくねくねと引き伸ばした挙げ句に、「とにかく、おめでとうございました」みたいなかたちで、ぶつんと終わってしまった。

しまったなあ、不細工なスピーチになってしまった、と落ち込みながら席に戻る。しばらくビールなどを飲んでいるうちに、ああ、と思い出す。「以上をもちまして私のお祝いの言葉とさせていただきます」だ。

これだけのことが、どうしても思い出せなかった。肝心なときにあたまから消えてしまった。この言葉自体に特別な意味や内容はない。でも、思い出せないととても困る。他に云いようがないというか、やっぱり必要なのだ。

様々な場における正解、というか定型的慣用表現のようなものがある。それらをストックして適宜使い分けられることが大人の条件らしい。

場合によっては、言葉が「ない」のが正解ということもある。例えば、お葬式。関係性にもよるが、一般的にここでは言葉が機能できない。

「御愁傷様」の定型表現も現在ではちょっと口に出しにくい。「このたびは……」と云ってあたまを下げるしかない。

一方で何年生きていても正解がわからない場面もある。

私は飲食店などでお店のひとに声を掛けたいとき、なんと呼べばいいのか。いつも迷う。

タイミングを計りつつ、躊躇っていると、常連らしいお客さんが大声で云った。

「マスター!」。お店のひとも「はーい」と返事をしている。うーん、そうか。

でも、「マスター」ってなんか云いにくい、というか嫌だなあ。かと云って、それ

「おとうさん」「社長」「店長」「板さん」「大将」「おやじさん」……、なんだか口にしにくい言葉ばっかりだ。

マスター本人は「マスター」と呼ばれてどんな気持ちなんだろう、嬉しいのか、その逆なのか。わからない。わからないまま、結局、すみません、とか、あのー、とか、情けない呼び方をしてしまう。

そんな或る日のこと、例によってお寿司屋さんで躊躇っていると、カウンターの一角から声が飛んだ。

「おすしやさん！」

おおっ、と思う。その手があったか。でも、呼ばれた本人は一瞬目をぱちくり。周囲にも妙な空気が流れている。

あれ？

これ、駄目なの？

マスターよりはいいんじゃないかなあ。

そう思う私が変なのか。

そういえば、以前にも類似の例をみて感動したことがあった。

あれは井の頭公園のなかにある動物園でのこと。中学生くらいの女の子がヤマアラシに向かって、不意に呼びかけたのだ。

「ヤマアラシ!」

恰好よかった。

ヤマアラシが口をきけたら「なんだ人間」と云っただろう。

幻の地雷

「社会の窓が……」と云いかけて、急に不安に襲われる。

ほ「あの、『社会の窓』ってわかります？」

友「わかりますよ」

笑われた。でも、「社会の窓」って、最近めっきりきかなくなった言葉じゃないだろうか。そういえば「めっきり」もきかない。使える言葉がどんどん減ってゆく。

そんな話をしたら、「最近の若者には『ラリる』が通じないよ」と教えられた。そうか、気をつけよう。やたらに使う動詞ではないけど、口にするときはテンションが上がっている気がするから、通じないとショックが大きいだろう。

言葉の賞味期限について怖れたり、不安に思ったりしているうちは、まだいい。問題は何も感じなくなることだ。

昭和六年生まれの父と食事をすると、こんな風になる。

ほ「これ、おいしいよ」（とおかずを指す）

父「どら」（と箸を伸ばす）

うーん、「どら」か、と思う。ここは普通「どれ」だよな。たった一文字の違い。同じラ行。でも、印象はかなり違う。

この「どら」には、父の人生が詰まっている、と思えるから、私もいちいち訂正したりはしない。いまさら「どれ」なんて云われてもさみしい。

しかし、言葉にそこまでの重みがないこともある。そのひとの人生というか世代や人格が詰まっているにも拘わらず重みが足りないと、怖いことになる。

例えば、以前、「がんばってね」と書くべきところを「がんばってネ」としたために、若い恋人に振られた男がいる、ときいて震え上がった。「やっぱりおじさんなんだな、と思っちゃって」と振った当人は云っていた。微差だからこそ、そこに越えられない世代の壁を感じたのだろう。

「がんばってネ」自体は優しい励ましの言葉なのに、振られてしまうなんて。怖ろしい。より親しみを込めるために半歩踏み込んだら、そこに地雷があったのだ。

「ネ」世代の男性は「ケシカラン」みたいな使い方をすることもある。普通は用いないところをカタカナにするのが、一種の照れだってことはわかるんだけど、今みると逆に気恥ずかしい。

と云いつつ、私たちが若い頃は、本来カタカナのものを平仮名にするのが流行ったことがあった。これはさらに危険度が高い。今でも「スニーカーぶる〜す」的な名前のお店をみかけることがあるけど、これだけでお客さんを限定してしまうだろう。

今日も、言葉を口に出した瞬間に幻の地雷を踏んだ音をきく。

ほ「チョコを、あっ」
友「どうしたの」
ほ「チョコレートのことをチョコって云う?」
友「云うけど、どうして」
ほ「いや、ならいいんだ」

「チョコ」はまだ大丈夫か。でも、「ビスケ」はどうか。ビスケットの「ビスケ」、危ないんじゃないか。他にもサンタクロースの「サンタ」、プラモデルの「プラモ」、ポケットの「ポッケ」、これらはいずれも「昭和の短縮形」のような気がするのだ。既にNGになっているものはどれだろう。

いつかは「チョコ」の賞味期限が切れる日がくるに違いない。それまでは使っていよう。最後の日には「チョコ」「チョコ」と連発して別れを惜しみたい。

天然

天然に憧れる。でも、本当に天然なひとは、自分が天然と呼ばれるのを嫌がることが多いようだ。どうしてだろう。自然に振る舞うだけで場を和ませて、みんなに愛されるのに。

天然タイプの友人のひとりは、ドッペルゲンガーのことをトーテムポールと云っていた。間違いを指摘された本人は恥ずかしがっていたけど、私は感銘を受けた。トーテムポールなんて、やろうと思ってできる間違いではない。いや、むしろ深層の正解と云ってもいいんじゃないか。

私はかつてドッペルゲンガーをドッペンゲルガーだと思っていた。いかにもありそうな勘違い。次から気をつけましょう、というだけのことだ。悲しい。キュートな意外性というものが決定的に欠けている。

ドッペルゲンガー↓トーテムポールは面白い。話のネタになる。ひとからひとへ伝わっていく。単に笑えるということではなく、その間違え方自体に、まだ名づけられていない価値が含まれているのではないか。
最近では、こんな発言をきいた。

「怪人二十面相はこんな油断しないと思うんだけど、でも、江戸川先生が書くからには本当なんだろうね」

「怪人二十面相」シリーズの一冊を読んだ知人の感想である。突っ込みどころが多すぎて、わなわなしてしまう。
しかし、わななきながらも、全体としてはわかる。何が云いたいのか、気持ちはよくわかるのだ。矛盾に充ちた発言からは、「怪人二十面相」への愛と「江戸川先生」への敬意を感じ取ることができる。
試しに、これを無理やり非天然的に云い換えてみよう。

「怪人二十面相が油断して捕まるんだけど、ちょっとご都合主義的というか、まあ、江戸川乱歩の持ち味なんだろうね」

駄目だ。全くキュートじゃない。愛も敬意も消えている。突っ込みどころがないという以前に、突っ込む意欲が湧かない。表面的な矛盾を整理して辻褄を合わせたことによって、元の発言に含まれていた大切な成分が失われてしまったようだ。

矛盾を整理して辻褄を合わせるための筋道は存在する。文脈から判断して、トーテムポールをドッペルゲンガーに直すことはできる。だが、その逆はどうなのか。ドッペルゲンガーをトーテムポールにすることはできるのか。難しい、と思う。天然を生み出すことはできない。だから天然なのだ。

そしてまた、天然には部分というものがない。天然はどこをとっても天然である。例えば、先の発言中の「江戸川先生」という一語には全ての天然成分が詰まっていると思う。「江戸川先生」、全く思いがけない呼び方だ。ドッペルゲンガー↓トーテムポールと違って、江戸川乱歩↓「江戸川先生」は間違いではない。しかし、なんという か同じ味がする。成分は同じなのだろう。

考えれば考えるほど、天然には単にキュートとか場を和ませるといった以上の価値が含まれているように思えてくる。天然成分の正体は不明だが、ここからは意外な効能が期待できるんじゃないか。例えば戦争をなくすとか。

何故、矛盾してはいけないのか。そんなことをふと思う。矛盾してはいけない、というルールは本当に合っているのか。いや、合っていないといけないという考えは合っているのか。

これは間違いが人間らしさの現れとか、そういう話ではない。天然的な間違いは本当は間違いとは別の何かなんじゃないか。無矛盾性や辻褄や正しさへの拘りが人間同士の争いを生んでいるのなら、我々が未来を生きるためには、天然の力を浴びて、今はまだ間違いと呼ばれている深層の正解を守り育てるべきなのでは。

サービストーク

美容室で髪を洗って貰っているときに頭上から降ってくる謎の台詞とそのバリエーションについては前にも書いた。

「お湯加減はいかがですか」
「おかゆいところはございませんか」
「気持ち悪いところはございませんか」
「耳は気持ち悪くございませんか」

どんどん意味不明になってゆく。それに伴って、こちらの返事も曖昧になる。だって、「耳が気持ち悪い」って状態そのものが想像できないのだ。
先日、久しぶりに髪を切りに行ったら、また仲間が増えていた。

「流し足りないところはございませんか」

混乱する。ええと、流し足りないところがあるかないか、いちばんよくわかるのは現に流しているあなたですよね。こっちは仰向けで、顔にガーゼみたいなのをかけられて、何にもみえないんだからわかりませんよ。髪の毛には触覚がないんだから。そう心で思いながら、「大丈夫です」と小さく答える。小声なのは自信がないからだ。

「大丈夫かどうか、わからないでしょう。だって、その態勢では何にもみえないんだし、それともお客様の髪の毛には触覚があるんですか」

美容師さんにそう突っ込まれたら（突っ込まれないけど）、どうしよう、と思うのだ。

それにしても、美容室の洗髪時のサービストークって、どうしてこんなに手厚いんだろう。お姫様になったようだ。でも、残念ながら何かがズレている。ズレたままどんどん手厚くなってゆくのは気持ちが悪い。

対象を頭部周辺に限定したまま、サービスを手厚くしよう、という根本方針に無理があるんじゃないか。そんなにサービスしたければ、もっと範囲を広げたらどうか。髪を洗いながら、例えばこんな風に問いかけるのだ。

「死んだお母さんに会いたくありませんか」
「アメリカン・パーティ・ジョークはいかがですか」
「エロい御気分じゃありませんか」
「小腹が減っていませんか」

それならこちらも「大丈夫です。今食べてきたので」とか「そういえば、ちょっとむらむらします」とか「日本昔話にしてください」とか「ママ、ママー!」とか答えられるのに。

サービストークと云えば、仕事の依頼状などでときどきみかけるのは、「今最も旬の人である○○さんに是非」的な文言である。

これもなんとなくもやもやする。「旬の人」って褒め言葉のつもりなんだろうけど、ズレてるんじゃないか。食材を連想させる、その時季はすぐに過ぎることが前提、の二点でうまくない。それを味わうお客さんに向けてのアピールに使うならともかく、魚や野菜本人に向かって君は今が旬とか云ってどうする。

ズレたサービストークの王様として思いつくのはこんな言葉だ。

「万一ご満足いただけない場合は全額返金致します」

これに出会うたびに胃の辺りがどんよりする。近づきたくない、と思う。他人の主観に対してそこまで強気になれるのは自信の現れというレベルを超えている。サービスの顔をした恫喝に思えるのだ。

そんな筈ない／ある

肉屋の看板に豚の絵が描かれていることがある。にこにこ笑ったり、楽しそうに踊ったりしているのをみるとこわくなる。だって、そんな筈ないだろう。他の動物を殺して食べる、という我々の現実そのものがこわいわけだが、そのこわさには少なくとも嘘はない。だが、看板の豚を笑わせたり踊らせたりすることには、この真実を勝手に軽くねじ曲げてこわさから目を逸らさせるようなこわさがある。

と云いつつ、私は自分が食べるものを自分の手で殺した経験が殆ど無い。誰かに代わりに殺して貰って何十年も食べ続けている。そのことに対する後ろめたさも、たぶんこわさを助長しているのだ。

そんな筈ないだろう、と感じるケースは他にもある。例えば、知り合いの女性編集者は、友人の男性にこう云われたらしい。

「君は本当の愛を知らない」

うわっと思う。彼女が実際に「本当の愛」を知っているかいないかに拘わらず、こんな決めつけはあり得ないだろう。根拠なく上からの物言いであり、余計な御世話であり、微妙な脅しであり、なにやら口説きが入っている気配もある。これを口にしたひとの自己都合の塊のような言葉だ。「本当の愛」などという抽象的な大問題を、しかも他者の実相について、こんな風に断言できる筈がない。いや、たぶん話は逆で、具体的な小問題のかたちでは根拠の無さがすぐにばれてしまうから問題を大きくしているのだ。

一方、云われてみればそんな筈ある、と感じる言葉は、それだけで面白い。或る友人がネパールに行ったとき、マウンテンガイドの男性から、ボク、日本語知ってるよ、と教えて貰った言葉はこれだったそうだ。

「カライケドオイシイ」

なるほど、と思った。「辛いけど美味しい」か。いかにも現地の料理を食べた日本人が反射的に口にしそうな言葉だ。ガイドの彼からすると、日本語＝「カライケドオイシイ」なのだ。だから何ということはない。ただ、ここには現場の真実に特有の味わいがある。これは想像では作り出せない言葉だろう。

テーマが重くなればなるほど、そんな筈ある言葉を捉えるのは難しくなる。いつだったか、テレビでフレッド・ブラッシーのエピソードが紹介されていたのを思い出す。銀髪の吸血鬼の異名をもつ稀代の悪役レスラーの素顔は温厚な紳士だったらしい。そんな彼の試合を見てショックを受けた母親が尋ねた。

「リングの上の怖ろしいお前と、私の知っている優しいお前と、どっちが本当のお前なの？」

紹介者によれば、そのとき、ブラッシーはこう答えたらしい。

「どちらも本当の私ではない」

鳥肌が立った。なんて凄い答なんだろう。この「本当の私」は前掲の「本当の愛」

などとは全く次元が違っている。

「悪役レスラーは商売で、リングを降りた僕が本当の僕だよ」とでも答えておけば角は立たないだろう。しかし、突き詰めて考えれば、やはりそんな筈はないのだ。

自然な愛情に充ちた母の問いかけには真実に関する認識の甘さが含まれており、ブラッシーはその受容を潔癖に拒否した。非情なまでの誠実さに感動する。しかも、彼の答は予測可能な「どちらも本当の私だ」ですらなかったのだ。かっこいい。かっこいいよ、ブラッシー。

だが、と私は思う。みえない真実に対する彼の姿勢はいったい何を意味していたのだろう。母親を悲しませてまで守られる誠実さは、例えば表現というものの本質に関わる要素ではないか。テレビの視聴者を何人もショック死させたと伝えられる銀髪鬼は、ひとりの表現者だったに違いない。

本気度

大学のゼミ旅行のとき、フェリーのなかで友人が財布をなくした。みんなで手分けをして心当たりを探したが、みつからない。仕方なく、引率のG先生にその旨を申し出たところ、先生は落ちついた口調でこう云った。

「イノリナサイ」

我々の脳はその言葉を、一瞬、漢字変換できなかった。

確かに、通っていた大学はキリスト教系でG先生も神父だった。でも、授業中は普通に冗談なども云うし、特別に宗教っぽさを意識したことはなかったのだ。

それだけに、このひと言は衝撃だった。落としたにしろ、盗まれたにしろ、友人の財布がまだ船内のどこかにあることは確かなのだ。いくらなんでも、もうちょっと現実的な対応があるんじゃないか。

だが、G先生の表情は殆ど穏やかだった。全ては神の御心のまま、ってこういう次元の話だったのか。

私たちは初めてG先生の本気を知った。まさか、いや、やっぱりというべきか、でも、そこまでだったとは。なんだか怖ろしい感じがして、我々は勿論、財布をなくした本人も、それ以上なにも云うことができなかった。

本気の言葉に出会ったとき、思わず固まってしまうことがある。そこまでの本気さをもたないこちらとの、心の温度差が露わになるのだ。

大学に入学してすぐの頃、クラスの全員が自己紹介をしたことがあった。「ネクラ」とか「ネアカ」とか「友達の輪」とか「アホちゃいまんねん」などの言葉を口にする者が目立った。いずれも当時の流行語である。やがて、クラスに一人だけいた中国人留学生の番になった。彼は立ちあがって云った。

「私は国の未来のために勉強に来ました」

しーん、となった。大学は遊ぶところと思い込んでいた我々は、あまりに予想外の言葉を耳にして、石になってしまったのだった。

今でも何かの折りに、食卓をともにした小さな子供が「いただきます」と云うのをきくと、あ、やべ、と怯みながら、このときのことを思い出す。真っ直ぐな心、怖ろしい。

私が北大をやめて、再受験を決意したときのこと。

札幌を離れる日に、何人かのクラスメイトが見送りに来てくれた。電車の中と外で別れを惜しみながら話をする。やがて、発車のベルが鳴り出したとき、ひとりが手紙を渡してくれた。

「これ、電車のなかで読んでくれ」

「ありがとう」

「じゃ、元気でな」

「うん、おまえもな」

「がんばれよ」

「ありがとう、またな」

電車の窓から手を振って、やがて友人たちの姿がみえなくなった。それから、手のなかの封筒を裏返す。と、封の部分に、文字がひとつ記されていた。

「友」

うーん、と思う。
そうくるかあ。そこまで、そうかあ。
嬉しかったけど、やっぱり、ちょっと恥ずかしかった。
彼とはそのあと一度も会っていない。

貼り紙の声

先日、或る蕎麦屋に入ったときのこと。何にしようかな、と思いながら壁の品書きをみていたら、こんな貼り紙に気がついた。

当店のカツ丼はこだわりカツ丼ではありません。
普通のそば屋のカツ丼です。

「？」と思う。食べ物屋さんで「当店のこだわり」についての主張はときどきみかけるけど、その逆だ。こだわってません、という貼り紙。

でも、もともとカツ丼屋じゃなくて蕎麦屋なんだし、これって必要なのかなあ。「普通のそば屋のカツ丼」を出したらふんがーと怒って暴れた客でもいたのだろうか、などと想像してしまう。

貼り紙からは声がきこえる。この場合だと、「こだわりカツ丼」というフレーズに肉声めいたものを感じる。そんな言葉知らなかったよ。また「普通のそば屋のカツ丼です」には諦めとも誇りともつかない存在感がある。

いつだったか、コンビニエンスストアに行ったとき、商品を眺めながら背後の壁に何か違和感を覚えて振り向くと、そこにこんな貼り紙があった。

もたれるな

ぞっとした。家の塀なんかに「犬に小便させるな！」的なものをみることはある。が、それよりずっと怖い。殺される、という閃きすら感じた。

何故だろう。ひとつにはコンビニという場所のせいがあるかもしれない。誰かの家とか個人商店に比べて、もともと自己主張が稀薄な筈の空間に、突然現れた肉声の恐怖である。

さらには「もたれるな」という言葉の微妙さ。「犬に小便させるな！」に比べて、いまひとつ気持ちがわからないというか、ぴんとこないのだ。別にいいじゃん、ちょっとくらいもたれたって。だが、声の主は確かに思い詰めている。その落差に死の予感が入り込む。細かいことだが、「もたれるな」の最後に「。」がないのも怖い。

貼り紙の声を決定づけるものは内容だけではない。どこに貼られているか、どんな大きさか、手書きか、どんな文字か、などによって印象が大きく変化する。句読点のおかしさの他に、送り仮名の微妙な狂いなんかも怖さを盛り上げる。

どこに貼られているか、の力を感じた例として思い出すのは、実家近くの電柱に今も残されているこんな貼り紙だ。

ひまわり会（創業55年）
中高年パートナー紹介。
お茶飲み友達。
カラオケ仲間。
結婚相手。

内容はわかるし、貼り紙の「場所」としての電柱も珍しくないのだが、問題は「位置」だ。地面すれすれのひどく低いところに貼られているのである。わざわざここに貼るのは大変じゃないかなあ、とか、普通は目の高さを基準にしないだろうか、とか、ひまわりなのに、とか、いろいろ考えつつ、視線が吸い寄せられる。その極端な低さによって、逆に目立っているのだ。

ひょっとして、と思う。この「位置」自体が特別なメッセージなんじゃないか。ひまわり会に行くと、小さな小さな宇宙人が現れる。その姿をみた瞬間、私の目から涙が溢れ出す。未来への扉はここにあったんですね。いいのかい。はい、いいんです。さようなら地球。それから、宇宙船に乗って暗黒の次元を突き進みながら、私たちは一緒にお茶を飲んでカラオケをして結婚をするのだ。

人生が変わる場所

今年のゴールデンウィークに屋久島に行った。早朝から片道五時間を歩き続けて、やっと目的の縄文杉まで辿り着く。だが、周りは人だらけ。樹齢三千年を超えるというこの杉を観るために全国から集まってきたのだ。なんとテレビの撮影隊まで来ているではないか。

女性レポーターのマイクが、ひとりの若い女性登山者に向けられた。

「どうして縄文杉に会いに来たのですか?」

質問された女性は一瞬考えて、それから云った。

「会いに来たんじゃありません。観に来たんです」

レポーターは絶句した。縄文杉に「会う」ことで人生が変わる的な発想が世間に広がっていることを取材陣は知っているのだ。そして、それに対して揶揄的であるにも拘わらず、現場の声を誘導したかったのだろう。回答者は瞬時にそのニュアンスを理解して、「会う」という表現に含まれた予断に敏感に対応したのである。

焦った質問者は思わず口走った。

「それは人生を変えようと思ったからですか？」

ああ、と思う。云わせたかったことを自分が云っちゃったよ。勿論、答はこうだ。

「いいえ」

このやりとりはテレビ的に没だろう。私は愉快な気持ちになる。

それにしても何故、我々は縄文杉に「会う」ことで人生が変わると思うのか。わからないけど、なんだかわかる。

同様の発想として、最近の例では、皆既日蝕を観ることで人生が変わるというのもあったんじゃないか。こちらは数十年に一度の現象だからか。

樹齢数千年とか数十年に一度の神秘というレア感に加えて、屋久島まで行った上で往復十時間歩くとか奄美辺りまで行った上で天候に恵まれないと観られない、というところもポイントだ。手軽な奇蹟と試練がセットになっている。

現代の社会においては、我々を取り巻くリアリティのレベルが極度に限定されている。窒息しそうなその閉塞感をなんとか破りたくて、インスタント巡礼的な発想が生まれてくるのだろう。

だが、縄文杉や皆既日蝕がピンポイント的に浮上すること自体が、我々を呪縛するリアリティの限定性を証しているとも云えるのではないか。みんなの気持ちが自然にその辺りに向かうような透明な「感じ」の蔓延。

リアリティの破れ目、というかレベル更新のきっかけは、むしろ日常の思いがけないところに遍在していると思う。

先日、或るお寺に行ったときのこと。

裏手に小さな池があって、そこに大きな白い鳥たちがいた。おっと思って近づくと、こんな看板が立っていた。

「噛みつきますから白鳥に近づかないで下さい」

一瞬、目を疑って、それから納得する。白鳥は噛みつかないってのは、こっちの勝手な思い込みだ。でも、我々の世界では、なんとなくそういう「感じ」なのだ。まして、お寺の白鳥だからなあ。わざわざ注意書きがあるってことは、同様の「感じ」に縛られている人間が多いことを示しているのだろう。

熊は怖いけどパンダは可愛いってのが怪しいとは思ってたけど、白鳥は盲点だった。それから、彼らを見る目が変わった。透明な「感じ」は破れた。ささやかなリアリティのレベル更新が起こったのだ。本当に噛みつかれていたら、もっと鮮烈に世界が変わったことだろう。

ネーミング

「地味なペンネームですね」と云われることがある。そうかな、そうかもな。自分で自分に名前をつけると恰好良くなりがちだから、そうならないように意識したせいかもしれない。そんな風に答えると、「それなら本名のままでいいじゃないですか」と云われて、そ、そうか、と思う。でも、書き始めた頃は会社に勤めていたので、本名のままというのに抵抗があったのだ。

地味とか派手とか恰好良いとか悪いとかを超えて、「しりあがり寿」「辛酸なめ子」「山崎ナオコーラ」くらい突き抜ければいいと思うけど、なかなかそこまでの勇気は出ない。名前ってずっとついて回るからなあ。「三島由紀夫」というペンネームは「若い名前」だから歳をとったらどうするのか、という意見があったそうだけど、今の目からみると可愛いものだ。「辛酸なめ子」が幸福になったらどうするのか。

先日、或る雑誌の特集で「双子が生まれたらどう名づけますか」と尋ねられた。面白い質問だと思っていろいろ考えたんだけど、とうとうこれはというものを思いつくことができなかった。

知人のところには「桜」ちゃんと「吹雪」ちゃんの双子がいる。あと以前、テレビのバラエティ番組のなかで三姉妹の名前を公募したことがあって、「のぞみ」「かなえ」「たまえ」に決まったとき、同じ案を考えたひとが複数名いたときいて、よく思いつくなあ、と驚いた記憶がある。

人名に限らず、ネーミングは難しい。散歩中に「キャッツ愛」というお店に出会って、うーん、と思った。これだけで客層を限定してしまうんじゃないか。

家の近所には「そーせーじ」というパン屋がある。どうしてパン屋なのに「そーせーじ」なんだろう、と不思議に思う。ネットの検索とかで不利にならないか心配だ。でもまあ、ソーセージ屋の「そーせーじ」とかパン屋の「ぱん」では、そのまんま過ぎて逆にまずいか。

パンと「そーせーじ」よりも関係性の遠い例として、和菓子の「コバルト」というお店もある。こちらも興味をそそられる。

今までに出会ったなかで、最もいいと思った店名は、ネグリジェ専門店「ニューコアラ」である。「ネグリジェ」と「ニュー」と「コアラ」の組み合わせがなんか絶妙。

だから云って、商売繁盛とは全く関わりのない絶妙さではあるのだが。お店のひとに「吉田戦車の世界を超えてますね」と云ってもたぶん喜ばれないだろう。

商品名で云うと、先日関西に行ったとき、宝塚銘菓「づか乙女」というお菓子を発見して思わず購入。「づかガール」じゃないところがいい。他に「呼吸チョコ」というのもあったけど、こちらはいまひとつに思える。「作りたての呼吸が息づいている」という解説がもやもやする感じだ。また「雪見だいふく」はいいけど、「雪苺娘」はちょっと重すぎないか。

子供の頃、オリンピックの体操競技をみていて、鉄棒からぐるぐるぐるっと回った降り技が「月面宙返り」というのはインパクトがあった。その後「ムーンサルト」という云い方がポピュラーになったみたいだけど「月面宙返り」の方がいいなあ。

技と云えば、初代ウルトラマンの「八つ裂き光輪」も良かった。それ以降、彼ら（正義の味方たち）の必殺技は「アイスラッガー」「メガトンパンチ」「ブレストファイヤー」のように、どんどんカタカナっぽくなっていったから、「八つ裂き光輪」はその点でも貴重だ。どんな技なのか薄々わかるところがいい。光の輪っかが敵を八つ裂きにするんだろう。

同様のことはプロレスの技にも云える。「脳天杭打ち」「岩石落とし」「椰子の実割り」「飛行機投げ」「熊抱き抱え」「原爆固め」「卍固め」「逆海老固め」「4の字固め」「揺り椅子固め」「吊り天井」などなど、翻訳調の見立てを含む昔の技の名は詩的でありつつ、なんとなく中身がイメージできる。「ベアハッグ」が「熊絞め」じゃなくて「熊抱き抱え」ってところがよかった。「出た！　熊抱き抱え！　必死にもがくも抜け出せません」なんて大興奮だ。

寝言たち

眠りのなかで奇妙な声が耳に入った。

「ふっふっふ」

ん？　と思って、ぼんやり目を覚ます。

「ふっふっふ」

暗闇のなかで誰かが笑っている。

妻だ。

どうしたの、と声をかけようとしたとき、不意に彼女は云った。

「さすがに野太い声よのう」

何？　と思って、すぐに気づく。

寝言だ。

しかし、口調が妙に堂々としている、というか、なんだかいばっているようだ。

うーん、と思う。

「ふっふっふ、さすがに野太い声よのう」って、一体どういうシチュエーションなんだろう。

想像できない。

普段の彼女が「～よのう」と云うのを聞いたことはない。

夢のなかで、武将になっているのか。

でも、それにしては内容が妙だ。

本物の武将は、どんなに野太い声を聞いても、「野太い声よのう」とは云わないんじゃないか。

時代考証が甘い。

おそらくは、意識のどこかに本来の現代女性の感覚が残っているのだ。
まだまだ本物の武将にはなりきれてないな、と思う。
なりきられても困るんだけど。

★

また或る夜のこと、彼女はこんな寝言を云った。

「どうして東京は03?」

え、と思う。
市外局番?
どうしてだろう。
いくら考えても私には答えられない問いであることがわかる。
起き上がってネットで調べるべきか。
しかし、これは質問でありつつ、明らかに寝言。
そこまで対応する必要があるだろうか。

でも、眠りながら答を待っているのかも……。
などと迷いながら、暗闇のなかでどきどきする。
そのとき、彼女が云った。

「あ、そうなんだ」

夢のなかの物知りの誰かが教えてくれたのだろう。
ほっとする。

★

そして、また或る夜の寝言。

「ベストセレクション」

何？
わからない。

でも、その口元には微笑が浮かび、とても満足そうだ。

結果的ポエム

正規のルートで詩を書くのは大変だ。才能やセンスや知識や労力が必要になる。だが、その一方で世界には偶然生まれては消えてゆく無数の詩が溢れているように思える。

Ｓｕｉｃａがまだこの世になかった頃、会社員だった私は同僚とともに窓口で乗り換えの精算をしたことがあった。我々は焦っていた。急がないと会議に遅れそうだ。私の前にいた同僚は窓口に定期券を置きながら叫んだ。

「うわわ」

おっ、と思う。云いたかったことはわかる。「浦和」。僕たちはそこから来たのだ。ちょっとだけ舌が回らなかった。だが、彼が窓口で「うわわ」と高らかに宣言した一瞬、この世に、うわわ、きたうわわ、みなみうわわ、ひがしうわわ、にしうわわ、なかうわわ、むさしうわわが同時に出現した気持ちになった（「浦和」本体の他に「●●浦和」という駅名は六つあった）。

改めて振り返ると、『絶叫委員会』の連載では、このような「偶然性による結果的ポエム」について主に語ってきたのかもしれない。

先日、巨大な看板をみた。

「インフルエンザ防御スーツ」

どきっとする。「手術台の上のミシンと蝙蝠傘の出会い」の例でしばしば語られるように、詩の基本は語と語の意外な組み合わせにあるとされる。ならば、この「インフルエンザ防御スーツ」はその条件を充たしている。どこかSF的な煌めきを感じる。「偶然性による結果的ポエム」と云いつつ、「インフルエンザ防御スーツ」の根底には過剰に被害妄想的かつ商業的な熱意の如きものがある。そのパワーが「スーツ」と「インフルエンザ」を異次元で結びつけたのだろう。

そういえば、「抗菌消しゴム」「抗菌便器」などを初めてみたときも、似たような気持ちになった。やがて、世界中の全てのものが「抗菌」に覆われてゆくイメージ。「抗菌眼鏡」「抗菌コンドーム」「抗菌墓石」「抗菌東京タワー」……。

一方、楽しげなものもみかける。或る喫茶店の窓に貼ってあった言葉はこれだ。

「魅惑のバナナスムージー祭」

「魅惑」「バナナスムージー」「祭」の組み合わせがいい。また「世界各国のスムージー」とか「百種類のスムージー」とかじゃなくて、「バナナスムージー」一本に絞った潔さも評価したい。「バナナスムージー」だけの「祭」、恰好いい。

そして先週、近所のスーパーでみかけたのはこんな貼り紙。

「放し飼い卵！」

たぶん、放し飼いされた鶏の卵ってことなんだろうな。ちょっとだけ表現がスキップしている。昔、何かの本のなかで詩人の西脇順三郎が「タンポポの根の笑い」という自身の詩句について「タンポポの根は苦いでしょう。だから、これは『苦笑い』のこと」と語っていたのを連想した。

「放し飼いされた鶏の卵」だろうと理解しつつも、「放し飼い卵」と書かれると、どうしても、ころーんころーんと転がったり、びよーんびよーんと弾んだりしながら、楽しく遊んでいる卵を想像してしまう。言葉の力だ。

その下には、さらにこんな説明があった。

「爪楊枝を十本刺しても黄身が崩れない元気な卵です」

怖い詩だ。

名言集・1

「俺、砂糖入れたっけ?」

大学一年生のとき、喫茶店で同級生のムロタが云った言葉である。

そのとき、ムロタの目の前には珈琲が置かれていた。それを飲もうとして、途中で自分が砂糖を入れたかどうか、わからなくなったらしい。ミルクなら白くなるが、砂糖は白くならないので痕跡が残らないのだ。

「自分でわかんないのかよ」と友人のひとりに云われて、ムロタはちょっと白目を剝くような顔をして考えていたが「忘れた」と応えた。

「阿呆か」と皆はあきれて云った。女の子たちはくすくす笑っている。

「飲めばわかるよ」「甘かったら入れたんだよ」「飲めよ」と口々に云われて、しかし、ムロタは「うう、ううう」と、ただ唸っているだけだった。

動物かよ、と思っておかしかった。

ムロタ、恰好いい奴。下の名前が思い出せない。

猫を飼っている友達がいて、その日、たまたま何枚もの猫写真を教室にもってきていた。ムロタはにこにこしながらそれをみせて貰っていた。

あんまり嬉しそうなので、飼い主は「どれか一枚、好きなのあげるよ」と云った。

ムロタは真剣に写真たちを見比べていたが、その挙げ句にこう云った。


「選べない……」


あんなに長い間みてたのに、と思って、私の方が動揺してしまった。「一枚」がどうしても選べず、結局、彼は写真を貰えなかった。

ムロタ、美しい奴。猫が好きだった。

また別の或る日、友達の部屋に何人かが集まっていた。ちいちゃんという女の子が辺りをちょっと片づけようとしたとき、ムロタが声をかけた。

「あ、ちいちゃん気をつけて。その辺で俺、さっき靴下脱いだから」

自分の靴下を危険物のように云うのがおかしい。しかも、勝手に脱いだくせに。だが、ムロタは本心から「気をつけて」と云っているのだ。ちいちゃんが自分の汚い靴下に触ってしまわないように。

そこに心をうたれる。ちいちゃんも、くすっと笑って嬉しそうだ。

その「くすっ」は私には一度も向けられたことのない種類の笑いだった。私も内心「ムロタ、恰好いい」と思ったが、平静を装った。そして、あとでこっそりファイロファックス手帳に彼の言葉をメモした。そんな自分が惨めだった。

二十数年後の今、私は依然として、天然の愛嬌やたくまざるユーモアや突き抜けた自由さと無縁のままだ。そして昔のメモを元に、こうして文章を書いてお金を貰っている。

今頃、ムロタはどうしているだろう。あの性格では、どこかで野垂れ死んでいるかもしれない。

ムロタ、眩しい奴。冥福を祈る。

名言集・2

会社の休憩時間に、後輩の女子社員がプリンを食べていた。まるで宝石のように大事そうに掬って（宝石は掬えないが）食べている（宝石は食べないが）ので、思わず、それ、おいしいの？　と尋ねたところ、こんな返事が返って来た。

「このプリンを食べたら、今まで食べたプリンなんか全部忘れちゃいますよ」

その目がきらきらと輝いている。なんでも新発売の超強力なプリンとのことだった。例えば、「今までの男のことなんか全部忘れさせてやる」とか、そういうセリフには、どうも信頼性がないのだが、これがプリンとなると、不思議なことにぐっと凄みが出てくる。私は彼女の手元のプリンをみた。薄黄色の、ふるふるした、みた目はごく普通のプリンだ。

でも、これをひと口食べると今まで食べたプリンを全部忘れちゃうんだな、と思って怖ろしくなる。今までのプリンたちも、それはそれなりにおいしかったのに……。だが、そんな感傷も「それ」をひと口食べるまでのことなのだろう。人の心は残酷なもの。彼女の目の輝きがそう告げていた。

電車のなかで、女子高校生が参考書を開いていた。蛍光マーカーで線を引いては、普通のペンに持ち替えて、その横に短く何かを書き込んでいる。毎回同じ言葉のようだ。気になって目を凝らすと、それはこの二文字だった。

大切

うーん。そりゃそうだ。でも、蛍光マーカーを引くってことが、そもそもそういう意味じゃないのかな、などと思いつつ、「大切」だらけの参考書になんだか好感をもってしまった。

友達の妹が高校生のときの話である。内気で口下手なムツミが兄の紹介でデートをすることになった。目印のダッフルコートを着て相手の男の子がやって来た。お、なんかいい感じ、と嬉しく思ったのも束の間、実はこの相手がまた無口で大人しいタイプなのだった。

向かい合って座り、最初の挨拶を交わした後は、ふたりとも言葉が出てこない。

「……」

「……」

「…………」

「……」

「……………」

「…」

長く複雑な沈黙に堪えかねたムツミは、思い切って口を開いた。

ムツミは語った。学校のこと部活のこと、自分の名前の由来から将来の夢、お祖母ちゃんの信じている神様の話を経由して愛犬のドッグフードの種類まで、相手の相づちも待たずに一息に語り続けた。

息が切れるまで喋ったムツミは、テーブルの水を飲み干して、ふうと大きく息を吐き、それからきっぱりとこう云った。

「さあ、今度はあんたの番よ」

名言集・3

イヌイットの生活についてのテレビ番組をみた。そのなかで交わされていたインタビュアーとイヌイットのおじさんの会話。

「このトナカイの橇で一日にどのくらい行けますか？」
「そりゃ、あんた。どこまでだって行けるさ」

この噛み合わなさというか、問いと答の間のズレに、ショックと納得感を同時に覚える。突き詰めるとそれは我々の生命のなかに、何か現在の論理や言語では掬い切れない要素が含まれていることを証してはいないだろうか。

今から二十数年前、男子学生がセックスを経験しないまま二十歳を迎えることを、

「やらはた」（やらずのはたちの略称）と呼んで怖れるという風習があった。或るとき、「やらはた」最有力候補のひとりだったユキオにガールフレンドができて、ふたりで旅行に行くことになったという。願ってもないチャンスである。だが、当のユキオは冴えない表情をしている。

どうしたのか尋ねると、入れる場所がわからない、と云うではないか。その場にいた友人たちは皆、絶句して、咄嗟にどう答えていいか言葉に詰まってしまった。「場所」について、それぞれ自分では理解しているのだが、それをどうやってユキオに伝えればいいのか。

重苦しい沈黙のなかで、ダイスケが静かに口を開いた。

「自然に掌をあてた中指の先、だよ」

おおっ、と声のない感嘆があがる。論理的に考えるなら、「自然に」という云い方は曖昧だし、掌の大きさや指の長さはひとによって異なる。さらに女性側の個体差によっても違いがでてくる筈の事象だ。だが、そういう理屈を超えた何かが、私たちに、この言葉の正しさを確信させた。そう、現場ではそれでうまくいく筈だ、と。

この奇妙な大丈夫感は、先のイヌイットおじさんの「そりゃ、あんた。どこまでだって行けるさ」に通じる印象がある。論理や分析を超えた命の秘密にどこかで繋がっているような。

的確なアドバイスによって、ダイスケは、だてに二浪してないな、と皆に褒められた。

広告代理店に勤める友人から聞いた話。或る打ち合わせの席上で、クライアントが理不尽なことを云い出した。彼らの意向に従って修正したプランを、前言を覆すかたちで否定されたのである。

友人は我慢したが、隣にいた同僚は堪えかねて叫んでしまった。

「でも、さっきそうおっしゃったじゃねえか！」

懸命に踏みとどまろうとする敬語から、煌めく「ふざけんな」の世界に飛翔してしまう動きに感動。

あとがき

本書は「ちくま」誌上に連載された文章をまとめたものです。名言集的なものをやってみようという意図で始めたのですが、実際に書き進むうちに、名言というよりはもう少しナマモノ的な「偶然性による結果的ポエム」についての考察にシフトしていきました。また正式な連載の前にテスト的に書いてみた「名言集」を巻末に収録しました。

最初の企画案から連載、そして本書の編集まで、昨年刊行の対談集『どうして書くの？』に続いて筑摩書房の鶴見智佳子さんに大変お世話になりました。どうもありがとうございました。

二〇一〇年三月一三日　　穂村　弘

解説　たのしい雑談した後みたいな

南伸坊

私は、穂村さんの本、対談集だったと思いますけど、最初ムリヤリ読まされそうになったんですよ。しかもそれ読んでからPR誌で「ほめてください」って言う（もちろんこのままいったわけじゃないけど）。

で、まア断わりましたよ。そんな見も知らない人の、まだ読んでもいない本、これから読んで、ほめろって、ねえ?!　無理でしょ。

そうしたら編集のツルミさんが、それじゃあ、一編だけ穂村さんの文章の見本送ります。そのサンプル読んで、書くかどうか決めてくださいってことになった。

本書に収録されてるフレッド・ブラッシーの発言がのってるヤツでした。読んだらめちゃくちゃおもしろいんで即ひきうけたわけです。全部読んでも止まんなくなっちやって、よその出版社の本まで買い込んできて急性愛読者みたいになっちゃった。

そんなわけで、この「解説」も、よろこんでお引き受けしたわけです。そうして、また、はじめっから熟読した。それでまた、ものすごくおもしろかった。

ところで、フレッド・ブラッシーのエピソードですけど、最初に読んだときは私も、「どちらも本当の私ではない」

凄い答。って思ったんだけど、ブラッシーとその母の会話、誰が聞いてたのかな？と思いました。これ、実はブラッシーが、こんな風に話し始めたんじゃないかな？と思ったんですよ。

「先日、母が僕にこう言うんだ、『リングの上の恐ろしいお前と、私の知っている優しいお前と、どっちが本当のお前なの？』ってね」

「何と答えたんですか？」

「どちらも本当の私ではない」

つまり、我々はプロレスラーとしての、ブラッシーのセンスにびっくりさせられてたんじゃないのかな。

これは反論してるんじゃないし、もちろんケチをつけてるんでもないですよ。私は、穂村さんと雑談してるみたいな楽しさを、この本を読みながら感じてたんです。

おもしろい雑談相手っていうのは、相手をびっくりさせたり、笑わせてくれたり、するんですが、そんなふうにしているうちに、その人のセンスとか、その人の考えとか、その人のいいかんじとかが少しずつこっちに、にじんでくるんですよ。

ああ、この人は、こういう人が好きなんだな、こういうことが好きなんだな、こういうことがおもしろいんだと、そうやって自分のほうも相手ににじんでいくような感じが楽しいんです。

こんど再読しながら、エンピツで傍線ひっぱってみたんですが、うーん、ここもいなァ、これもおもしろいとかって引っぱってると、あの蛍光マーカーで線引いて、ペン持ちかえて「大切」って書いてる女子高生みたいですよ。

穂村さんは、あの女子高生、カワイイなと思ったと思う。穂村さんはキュートっていうね。好感もったとも書く、この「好感」とか「キュート」が、文を書きたいキッカケになってるのがいいなあと思うんですよ。

大学の同級生のムロタとかね、自分の脱いだ靴下、危険物扱いするヤツ。ムロタ。だけど、手帳に「ムロタ格好いい」ってメモするホムラもいいヤツじゃないすか。

この本は、だから、前に読んでほめたときは、センスがいいとか、おもしろいとか、才能が視点がとかって思っていたけれども、つまりホムラがいいんですよ。

「いいもの買ったね」

「それがあればお部屋が暖かくなるわ」

のおばちゃんて、どんな人かな。にこにこ。にこにこ。にこにこしてるんだよね。

それからおもむろに自分の顔を指さして、

「知らない人よ。あなたの知らない人」

私も、穂村さんと同じように、でも、いい話じゃない。と思いました。

この話は、センスだけでもないんだ。シュールな自己紹介、だけでもない。

実は、PR誌に「ほめ文」書いて一年後くらいに、友人同士の飲み会みたいなところで、穂村さんご本人にお会いしました。

いっしょにたのしく飲んだという感じは残ってるんですが、僕はよっぱらってて、よっぱらってると、けっこう多弁になっちゃう方なんで、なんかくだんないことペラペラ一方的にしゃべってた気もする。

この本を再読してて、はじめて穂村さんとしみじみ雑談できたっていう気分になって、それがうれしかったんだなと思います。

読みながら、雑談だったら、オレもあの話したいなァ、とか思う。口はさみたくなる。

○

七夕のころ地下鉄の広場に、笹が立ててあって、そこらの善男善女が短冊に願い事書いて、くっつけている。それ、つまんで何気なく読んだら、

「かれしがほしい今すぐに」

って書いてあった。って報告してくれたのはうちの奥さんですけどね。

○

動物園のゾウのところで聞いた、若い女の子のゾウの感想。一息に言った。

「かわいーい」

「まつ毛、ながーい!!」

「くさっ!!」

○

地下鉄の階段のぼってる時に聞いた若いＯＬの会話。

「朝、パジャマとかどうしてる？」

「え？　ぬぎっぱだよ」

これは、感じ出てるな、ぬぎっぱなしよりぬぎっぱなしな感じがものすごく出てる。

それでスリッパがぬぎっぱになってるとこ、私はイメージしたりしました。

そんなわけで「大切」なところは、たくさんあったんですが、それ書き抜いてると、ものすごく長くなっちゃうんで、それは各自やってください。

ほんと、おもしろかったなあ。

本書は二〇一〇年五月、筑摩書房より刊行された。

アレグリアとは仕事はできない　津村記久子

彼女はどうしようもない性悪だった。すぐ休み単純労働をバカにし男性社員に媚を売る。大型コピー機とミノベとの仁義なき戦い！　（千野帽子）

こちらあみ子　今村夏子

太宰治賞と三島由紀夫賞、ダブル受賞を果たした異才、衝撃のデビュー作。3年半ぶりの書き下ろし「チズさん」を収録。　（町田康／穂村弘）

すっぴんは事件か？　姫野カオルコ

女性用エロ本におけるオカズ職業は？　本当の小悪魔とはどんなオンナか？　世間にはびこる甘ったれた「常識」をほじくり鉄槌を下すエッセイ集。

絶叫委員会　穂村弘

町には、偶然生まれては消えてゆく無数の詩が溢れている。不合理でナンセンスで真剣だからこそ可笑しい、天使的な言葉たちへの考察。　（南伸坊）

ねにもつタイプ　岸本佐知子

何となく気になることにこだわる、ねにもつ。思索、奇想、妄想はばたく脳内ワールドをリズミカルな名短文でつづる。第23回講談社エッセイ賞受賞。

杏のふむふむ　杏

連続テレビ小説「ごちそうさん」で国民的な女優となった杏が、それまでの人生を、人との出会いをテーマに描いたエッセイ集。　（村上春樹）

うれしい悲鳴をあげてくれ　いしわたり淳治

作詞家、音楽プロデューサーとして活躍する著者の小説＆エッセイ集。彼が「言葉」を紡ぐと誰もが楽しめる「物語」が生まれる。　（鈴木おさむ）

つむじ風食堂の夜　吉田篤弘

それは、笑いのこぼれる夜。――食堂は、十字路の角にぽつんとひとつ灯をともしていた。クラフト・エヴィング商會の物語作家による長篇小説。

小路幸也少年少女小説集　小路幸也

「東京バンドワゴン」で人気の著者による子供たちを主人公にした作品集。多感な少年期の姿を描き出す。単行本未収録作を多数収録。文庫オリジナル。

包帯クラブ　天童荒太

傷ついた少年少女達は、戦わないかたちで自分達の大切なものを守ることにした。生きがたいと感じるすべての人に贈る長篇小説。大幅加筆して文庫化。

尾崎翠集成（上・下）　尾崎翠　中野翠　編
鮮烈な作品を残し、若き日に音信を絶った謎の作家・尾崎翠。時間と共に新たな輝きを加えてゆくその文学世界を集成する。

クラクラ日記　坂口三千代
戦後文壇を華やかに彩った無頼派の雄・坂口安吾との、嵐のような生活を妻の座から愛と悲しみをもって描く回想記。巻末エッセイ＝松本清張

甘い蜜の部屋　森茉莉
天使の美貌、無意識の媚態。薔薇の蜜で男たちを溺れ死なせていく少女モイラと父親の濃密な愛の部屋。稀有なロマネスク。（矢川澄子）

貧乏サヴァラン　森茉莉　早川暢子　編
オムレット、ボルドオ風茸料理、野菜の牛酪煮……。食いしん坊茉莉は料理自慢。香り豊かな〝茉莉ことば〟で綴られる垂涎の食エッセイ。文庫オリジナル。

ことばの食卓　武田百合子　野中ユリ・画
なにげない日常の光景やキャラメル、枇杷など、食べものに関する昔の記憶と思い出を感性豊かな文章で綴ったエッセイ集。（種村季弘）

遊覧日記　武田百合子　武田花・写真
行きたい所へ行きたい時に、つれづれに出かけてゆく。一人で。または二人で。あちらこちらを遊覧しながら綴ったエッセイ集。（巖谷國士）

わたしは驢馬に乗って下着をうりにゆきたい　鴨居羊子
新聞記者から下着デザイナーへ。斬新で夢のある下着を世に送り出し、下着ブームを巻き起こした女性起業家の悲喜こもごも。（近代ナリコ）

神も仏もありませぬ　佐野洋子
還暦……もう人生おりたかった。でも春のきざしの蕗の薹に感動する自分がいる。意味なく生きても人は幸せなのだ。第3回小林秀雄賞受賞。（長嶋康郎）

問題があります　佐野洋子
中国で迎えた終戦の記憶から極貧の美大生時代、読まずにいられない本の話など。単行本未収録作品を追加した、愛と笑いのエッセイ集。（長嶋有）

老いの楽しみ　沢村貞子
八十歳を過ぎ、女優引退を決めた著者が、日々の思いを綴る。齢にさからわず、「なみ」に、気楽に、と過ごす時間に楽しみを見出す。（山崎洋子）

色を奏でる　志村ふくみ・文　井上隆雄・写真
色と糸と織――それぞれに思いを深めて織り続ける染織家にして人間国宝の著者の、エッセイと鮮かな写真が織りなす豊醇な世界。オールカラー。

遠い朝の本たち　須賀敦子
一人の少女が成長する過程で出会い、愛しんだ文学作品の数々を、記憶に深く残る人びとの想い出とともに描くエッセイ。（末盛千枝子）

性分でんねん　田辺聖子
あわれにもおかしい人生のさまざま、また書物の愉しみのあれこれ。硬軟自在の名手、お聖さんの切口がますます冴えるエッセー。（氷室冴子）

「赤毛のアン」ノート　高柳佐知子
アンの部屋の様子、グリーン・ゲイブルズの自然、アヴォンリーの地図など、アン心酔の著者がカラー絵と文章で紹介。書き下ろしを増補しての文庫化。

おいしいおはなし　高峰秀子編
向田邦子、幸田文、山田風太郎……著名人23人の美味な思い出。文学や芸術にも造詣が深かった往年の大女優・高峰秀子が厳選した珠玉のアンソロジー。

うつくしく、やさしく、おろかなり　杉浦日向子
生きることを楽しもうとしていた江戸人たち。彼らの紡ぎ出した文化にとことん惚れ込んだ著者がその思いの丈を綴った最後のラブレター。（松田哲夫）

るきさん　高野文子
のんびりしていてマイペース、だけどどっかヘンテコな、るきさんの日常生活って？　独特な色使いが光るオールカラー。ポケットに一冊どうぞ。

それなりに生きている　群ようこ
日当たりの良い場所を目指して仲間を蹴落とすカメ、迷子札をつけているネコ、自己管理している犬。文庫化に際し、二篇を追加して贈る動物エッセイ。

玉子ふわふわ　早川茉莉編
国民的な食材の玉子、むきむきで抱きしめたい！森茉莉、武田百合子、吉田健一、山本精一、宇江佐真理ら37人が綴る玉子にまつわる悲喜こもごも。

なんたってドーナツ　早川茉莉編
貧しかった時代の手作りおやつ、日曜学校で出合った素敵なお菓子、毎朝宿泊客にドーナツを配るホテル、哲学させる穴……。文庫オリジナル。

こころ　夏目漱石

友を死に追いやった「罪の意識」によって、ついには人間不信にいたる悲惨な心の暗部を描いた傑作。詳しく利用しやすい語注付。（小森陽一）

美食倶楽部　谷崎潤一郎大正作品集　種村季弘編

表題作をはじめ耽美と猟奇、幻想と狂気……官能的な文体によるミステリアスなストーリーの数々。大正期谷崎文学の初の文庫化。種村季弘編で贈る。

三島由紀夫レター教室　三島由紀夫

五人の登場人物が巻き起こす様々な出来事を手紙で綴る。恋の告白・借金の申し込み・見舞状等、一風変ったユニークな文例集。（群ようこ）

命売ります　三島由紀夫

自殺に失敗し、「命売ります。お好きな目的にお使い下さい」という突飛な広告を出した男のもとに、現われたのは？（種村季弘）

方丈記私記　堀田善衞

中世の酷薄な世相を覚めた眼で見続けた鴨長明。その人間像を自己の戦争体験に照らして語りつつ現代日本文化の深層をつく。巻末対談＝五木寛之

小説　永井荷風　小島政二郎

荷風を熱愛し、「十のうち九までは礼讃の誠を連ねた中に、ホンの一つ」批判を加えたことで終生の恨みをかってしまった作家の傑作評伝。（加藤典洋）

てんやわんや　獅子文六

戦後のどさくさに慌てふためくお人好し犬丸順吉は社長の特命で四国へ身を隠すが、そこは想像もつかない楽園だった。しかしそこは……。（平松洋子）

娘と私　獅子文六

文豪、獅子文六が作家としても人間としても激動の時間を過ごした昭和初期から戦後、愛娘の成長とともに自身の半生を描いた亡き妻に捧げる自伝小説。

江分利満氏の優雅な生活　山口瞳

卓抜な人物描写と世態風俗の鋭い観察によって昭和一桁世代の悲喜劇を鮮やかに描き、高度経済成長期前後の一時代をくっきりと刻む。（小玉武）

落穂拾い・犬の生活　小山清

明治の匂いの残る浅草に育ち、純粋無比の作品を遺して短い生涯を終えた小山清。いまなお新しい、清らかな祈りのような作品集。（三上延）

せどり男爵数奇譚　梶山季之
せどり＝掘り出し物の古書を安く買って高く転売することを業とすること。古書の世界に魅入られた人々を描く傑作ミステリー。（永江朗）

川三部作 泥の河／螢川／道頓堀川　宮本輝
太宰賞「泥の河」、芥川賞「螢川」、そして「道頓堀川」と、川を背景に独自の抒情をこめて創出した、宮本文学の原点をなす三部作。

私小説 from left to right　水村美苗
12歳で渡米し滞在20年目を迎えた「美苗」。アメリカにも溶け込めず、今の日本にも違和感を覚え……。本邦初の横書きバイリンガル小説。

ラピスラズリ　山尾悠子
言葉の海が紡ぎだす、〈冬眠者〉と人形と、春の目覚めの物語。不世出の幻想小説家が20年の沈黙を破り発表した連作長篇。補筆改訂版。（千野帽子）

増補 夢の遠近法　山尾悠子
「誰かが私に言ったのだ／世界は言葉でできていると」。誰も夢見たことのない世界が、ここではじめて言葉になった。新たに二篇を加えた増補決定版。

兄のトランク　宮沢清六
兄・宮沢賢治の生と死をそのかたわらでみつめ、兄の死後も烈しい空襲や散佚から遺稿類を守りぬいてきた実弟が綴る、初のエッセイ集。

真鍋博のプラネタリウム　真鍋博　星新一
名コンビ真鍋博と星新一。二人の最初の作品『おーいでてこーい』他、星作品に描かれた插絵と小説冒頭をまとめた幻の作品集。（真鍋真）

鬼譚　夢枕獏編著
夢枕獏がジャンルにとらわれず、古今の「鬼」にまつわる作品を蒐集した傑作アンソロジー。坂口安吾、手塚治虫、山岸凉子、筒井康隆、馬場あき子、他。

茨木のり子集 言の葉（全3冊）　茨木のり子
しなやかに凜と生きた詩人の歩みの跡を、詩とエッセイで編んだ自選作品集。単行本未収録の作品なども収め、魅力の全貌をコンパクトに纏める。

言葉なんかおぼえるんじゃなかった　田村隆一・語り　長薗安浩・文
戦後詩を切り拓き、常に詩の最前線で活躍し続けた伝説の詩人・田村隆一が若者に向けて送る珠玉のメッセージ。代表的な詩25篇も収録。（穂村弘）

吉行淳之介ベスト・エッセイ
吉行淳之介 荻原魚雷 編
創作の秘密から、ダンディズムの条件まで。「文学」「男と女」「紳士」「人物」のテーマごとに厳選した、吉行淳之介の入門書にして決定版。（大竹聡）

田中小実昌ベスト・エッセイ
田中小実昌 大庭萱朗 編
東大哲学科を中退し、バーテン、香具師などを転々とし、飄々とした作風とミステリー翻訳で知られるコミさんの厳選されたエッセイ集。（片岡義男）

山口瞳ベスト・エッセイ
小玉武 編
サラリーマン処世術から飲食、幸福と死まで。——幅広い話題の中に普遍的な人間観察眼が光る山口瞳の豊饒なエッセイ世界を一冊に凝縮した決定版。

色川武大・阿佐田哲也ベスト・エッセイ
色川武大／阿佐田哲也 大庭萱朗 編
二つの名前を持つ作家のベスト。文学論、落語からタモリまでの芸能論、ジャズ、作家たちとの交流も。もちろん阿佐田哲也名の博打論も収録。（木村紅美）

開高健ベスト・エッセイ
開高健 小玉武 編
文学から食、ヴェトナム戦争まで——おそるべき博覧強記と行動力。「生きて、書いて、ぶつかった」開高健の広大な世界を凝縮したエッセイを精選。

中島らもエッセイ・コレクション
中島らも 小堀純 編
小説家、戯曲家、ミュージシャンなど幅広い活躍で没後なお人気の中島らもの魅力を凝縮！ 酒と文学とエンターテインメント。（いとうせいこう）

文房具56話
串田孫一
使う者の心をときめかせる文房具。どうすればこの小さな道具が創造力の源泉になりうるのか。文房具の想い出や新たな発見、工夫や悦びを語る。

ぼくは散歩と雑学がすき
植草甚一
1970年、遠かったアメリカ。その風俗、映画、本、音楽から政治までをフレッシュな感性と膨大な知識、貪欲な好奇心で描き出す代表エッセイ集。

快楽としてのミステリー
丸谷才一
ホームズ、007、マーロウ——探偵小説を愛読して半世紀、その楽しみを文芸批評とゴシップを駆使して自在に語る、文庫オリジナル。（三浦雅士）

超発明
真鍋博
昭和を代表する天才イラストレーターが、唯一無二のSF的想像力と未来的発想で〝夢のような発明品〟129例を描き出す幻の作品集。（川田十夢）

ちくま文庫

絶叫委員会《ぜつきよういいんかい》

二〇一三年 六 月 十 日 第一刷発行
二〇一八年十一月三十日 第九刷発行

著 者 穂村弘（ほむら・ひろし）

発行者 喜入冬子
発行所 株式会社 筑摩書房
東京都台東区蔵前二―五―三 〒一一一―八七五五
電話番号 〇三―五六八七―二六〇一（代表）
装幀者 安野光雅
印刷所 凸版印刷株式会社
製本所 凸版印刷株式会社

ISBN978-4-480-43066-3 C0195